Julius Payer

Die westlichen Ortler-Alpen Trafoier Gebiet

Antigonos

Julius Payer

Die westlichen Ortler-Alpen Trafoier Gebiet

Unveränderter Nachdruck der Originalausgabe von 1868.

1. Auflage 2024 | ISBN: 978-3-38636-813-1

Antigonos Verlag ist ein Imprint der Outlook Verlagsgesellschaft mbH.

Verlag: Outlook Verlag GmbH, Zeilweg 44, 60439 Frankfurt, Deutschland, info@outlook-verlag.de
Vertretungsberechtigt: E. Roepke, Zeilweg 44, 60439 Frankfurt, Deutschland
Druck: Libri Plureos GmbH, Friedensallee 273, 22763 Hamburg, Deutschland

GOTHA: JUSTUS PERTHES 1867.

DIE
WESTLICHEN ORTLER-ALPEN
(TRAFOIER GEBIET).

NACH DEN

FORSCHUNGEN UND AUFNAHMEN

VON

JULIUS PAYER,

K. K. ÖSTERREICHISCHEM OBERLIEUTENANT,
BESITZER DES MILITÄR-VERDIENST-KREUZES MIT DER KRIEGS-DEKORATION.

MIT EINER ORIGINALKARTE UND EINER ANSICHT IN FARBENDRUCK.

(ERGÄNZUNGSHEFT No. 23 ZU PETERMANN'S „GEOGRAPHISCHEN MITTHEILUNGEN".)

GOTHA: JUSTUS PERTHES.
1868.

Inhalt.

Karten und Ansichten.

Frontispice: Ansicht des Ortler &c. von der Schwarzen Wand aus, gezeichnet von Payer, gemalt von Menzinger.

Originalkarte der westlichen Ortler-Alpen. Von Julius Payer. Maassstab 1 : 36.000 oder 1 Zoll = 500 Klafter.

Geologische Durchschnitte des Trafoier Dolomitmassivs und der linken Thalwand von Trafoi (Seite 14 und 15).

I. Orographie.

Einleitung. — Meiner vorjährigen Arbeit über das Suldenthal und den Monte Cevedale (Ergänzungsheft Nr. 18 der „Geographischen Mittheilungen"), mit welchem Gebiete ich in der Absicht, die Ortler-Alpen eingehend zu durchforschen, begonnen habe, reiht sich im geographischen Sinne diese Schilderung der Trafoier Sektion unmittelbar an. Wie in jener bereits erwühnt, stellte ich bei meinem Unternehmen die Herstellung einer ausführlichen und genauen Detailkarte dieser Gebirgsmasse als ersten Zweck voran, da alle anderen Forschungen mehr oder minder von einer solchen abhängig und die bezüglichen offiziellen Karten-Unternehmungen der Spezialgeographie nicht gewachsen sind.

Landschaftlicher Charakter. — Der durch die wildeste Felswelt ausgezeichnete Gebirgscomplex Trafoi's gehört zu den grossartigsten der Alpen; der Ortler dominirt in demselben durch seine Höhe, mehr noch durch sein Massiv. Eine gewaltige Ringmauer, welche sich in kühnen Contouren bald, mit schneidigem Eisgrate auslaufend, über steile Hörner emporschwingt, bald in breite Schneeplateaux übergeht, umschliesst den schluchtähnlichen, in tiefste Bergeseinsamkeit versenkten Thalkessel und entsendet Äste, deren mit thurmartigen Profilen abstürzende Felskolosse selten ihres Gleichen finden. Überall, wo die Wände fehlen, deckt ewiger Schnee die höheren Regionen, ziehen steile, zerborstene Eisströme auf scharf geneigter Felsbahn zwischen gewaltigen Kegeln und hohen Klippen bis auf die Thalsohlen herab.

Im Bereiche des die nördliche Ortlergruppe charakterisirenden Dolomits sind die Hänge mauerartig, von brüchigen Eiswänden gekrönt, von steilen Schutthalden umlagert; unsägliche Rauheit herrscht in den Formen, die Kamm-Einschnitte sind tiefe Scharten, die Gräte schmal, oft kaum schuhbreit, mit seltsamen grauen Felszinken besetzt, weite Spalten und hohe Rinnen durchbrechen die Massen, die Gesteinsschichtung veranlasst eben so oft symmetrische als abenteuerliche Berggestalten und auf der südlichen Abdachung des Hauptkammes mit scharfen Vorsprüngen wechselnde furchtbare Felswände. Schmale Gesimse, verborgene Schichtbänder — Schnüre genannt —, steile, dachähnliche Platten durchziehen die Kalkmassen mit auffallender Regellosigkeit, aber dessen ungeachtet den Gesetzen der Erhebung folgend. Unendlich gezühnt und geklippt ziehen die schneedurchfurchten Steinkümme herab, mit scharfen Ecken oder schlanken Obelisken endend fallen sie in zerrissenen Steilhängen zur Tiefe. Thäler und Risse enden ohne Mündung, — am Rande hoher Felsterrassen abbrechend werden sie zu hoch liegenden weiten Bergkesseln oder sie gehen in enge Spalten über, durch welche die Atmosphärilien den Raub der Berge führen und als riesige Schuttkegel auf der Sohle des Hauptthales absetzen.

Auf der westlichen Thalseite Trafoi's erheben sich die Schiefer. Seine Spitzen sind breite massige Kuppen oder sanfte Pyramiden, welche sich gewöhnlich nur nach Einer Seite hin rasch herabsenken, die Gräte sind abgestumpft, oft zu kleinen Plateaux erweitert, die Seitenzüge gewölbt und platt, die Vorberge bilden sanfte Rücken, die Felsen sind spärlich, in gebrochenen Stufen emporsteigend, von Schutt überlagert, die Gliederung ist schwach charakterisirt oder fehlt günzlich, Büche und Risse ziehen ohne Absätze, aber mit stetiger grosser Neigung thalwärts; sanftere Berglehnen bekleiden üppige Matten, die grosse Verwitterung des Gesteins schafft den Totaleindruck breitbasiger, wallartiger Ketten.

Nomenklatur. — Das touristische Interesse, daher auch jenes der Bewohner des Trafoier Thales, concentrirte sich bisher fast ausschliesslich um zwei Örtlichkeiten desselben, — den Ortler und das Stilfserjoch mit der weltberühmten Kunststrasse. Alle anderen Theile desselben blieben ungeachtet ihres geographischen Werthes unbeachtet, unbekannt. Baedeker veranlasste die Reisenden, die Königsspitze Sulden's unter den Trafoier Bergen zu suchen; Karten und Schriften über diesen Alpendistrikt stehen mit einander in Widerspruch und am allerwenigsten competent erwiesen sich die Thalbewohner. Ich überzeugte mich, dass ihnen bloss die Namen Madatsch, Cristallo und Lifero (Livrio) geläufig waren, mit welchen sie jedoch weite Gebirgsabschnitte inbegriffen. Noch schlimmer steht es mit der Italienischen Seite des Gebirges, ohne Tuckett's kühne Züge wäre dieselbe noch günzlich terra incognita. Aus diesem Grunde habe ich die Namen für die einzelnen Lokalitäten, mit theilweiser Benutzung von Herrn Dr. v. Mojsissovics' verdienstvollem Vorgange, präcisirt und vervollständigt, — eine nothwendige Consequenz meines Unternehmens. Meinen Führern wie der Trafoier Wirthin habe ich Skizzen meiner Aufnahmen mitgetheilt, um die neuen Benennungen zu verallgemeinern.

Zusammenhang des Ortlerstockes mit den Central-Alpen. — Den Zusammenhang des Ortlerstockes mit den Central-Alpen zu bezeichnen, ist diess Mal unerlässlich, da wir uns an einem Ende desselben befinden; eben so ist die Beschreibung von dessen Gliederung der Nomenklatur wegen unvermeidlich. Die Wasserscheide des Hauptkammes der Central-Alpen führt von der Bernina über den Piz Ciumbraida (9879 Wiener Fuss) zum Breitkamm nördlich des Stilfserjoches und von der erwähnten Spitze über das Reschenscheideck zu den Ötzthaler Bergen, daher die Ortler-Alpen eine vom Hauptfirst der Alpen abgezweigte Gebirgsgruppe darstellen, welche der Sattel des Tonale (6248 Fuss) von der noch weiter gegen Süden vorgeschobenen Syenitmasse des Adamello trennt. Ablösungen, welche den Hauptkamm an Mächtigkeit und Höhe übertreffen, sind ein in den Alpen gewöhnliches Vorkommen, welches sich im Kleinen auch im Centralzuge des abgezweigten Complexes wiederholt, — die Wasserscheiden stehen in keinem nothwendigen Zusammenhange mit der grössten Erhebung des Gebirges. Ein Blick auf die Karte zeigt diess deutlich.

Der Hauptkamm der nördlichen Ortler-Alpen streicht vom Stilfserjoch über einen platten Felsriegel südwärts und nahe dem kleinen Monte Scorluzzo gegen Süd-Osten abbiegend über das Vitelli-Joch, über einen flach gewölbten breiten Firnrücken zur Kleinen Naglerspitze, verlässt den beide Naglerspitzen verbindenden Kamm in seiner Mitte und setzt sich, den Monte Livrio vorschiebend, in der früheren Direktion gegen die Geisterspitze oder den Monte Video fort. Die grosse mittlere Höhe und Breite des beschriebenen Zuges, die Büge desselben, seine Eigenschaft als weite Schneewüste, aus welcher sich die Gipfel mässig erheben, und sein sanftes Ansteigen geben ihm ein plateauähnliches Gepräge; besonders gilt diess von dem Abschnitte zwischen der Nagler- und Geisterspitze.

Von diesem Gipfel führt ein hoher Eiswall mit wandartigem Abfalle gegen den Madatschferner über eine unbedeutende Kammerhöhung und über eine unpassirbare Einsenkung zur kleinsten Cristallo-Spitze und mit gleichzeitiger Direktionsänderung des Kammes gegen Osten folgen in demselben der schmale Schneesattel des Madatschjoches, die schöne Tuckettspitze (bisher namenlos, von mir zu Ehren des berühmten Englischen Alpen-Reisenden getauft), das hoch gelegene Tuckettjoch, die hinterste Madatschspitze (eigentlich ihr südlicher Vorbau) und dann das Trafoier Joch.

Unmittelbar östlich dieses beschwerlichen Überganges folgt eine Kammerhöhung, dann eine zweite Einsattelung und darauf der schöne Kegel der Schneeglocke (bisher namenlos) [1]).

Der Charakter des Kammes ändert sich nun plötzlich,

eine scharfe Eisschneide zieht über eine Reihe der höchsten Spitzen der Ost-Alpen, unnahbare Eiswände, ungeheure Felsmassen stürzen gegen Norden und Süden in enorme Tiefe hinab, es ist der wildeste Theil der gesammten Ortlergruppe. Die hohe Gebirgsmauer, mit welcher diese stolze Kette beginnt, trägt die Trafoier Spitze — besser Trafoier Eiswand, weil diese Benennung durch die Gestalt dieses Berges vollkommen gerechtfertigt wird — und endet mit dem furchtbaren Horne der Thurwieser Spitze (beide Namen von Dr. v. Mojsissovics). Die Besteigung beider Berge lag in meinem Plan, aber mein Führer Pinggera fand, obgleich wir die Abdachungen aller Seiten prüften, nur einen einzigen zeitraubenden Weg auf die Thurwieser Spitze, für welchen sich die kurzen Tageslängen des Herbstes nicht eignen, und erklärte die Trafoier Eiswand für schwieriger ersteigbar als selbst die Königsspitze, welche einem derartigen Unternehmen nur bei gänzlicher Schneelosigkeit ihrer schauerlichen Schneide ernste Gefahren bietet, wie diess im 18. Ergänzungshefte geschildert wurde.

Ein hoch liegendes passirbares Schneejoch trennt die Thurwieser Spitze vom Grossen Eiskogl (bisher namenlos) und die thorähnliche Scharte des durch eine Dolomitklinge (Steinmann'l) bezeichneten Ortlerpasses von der nach Norden vorgeschobenen Bergmasse des Ortler. Wir befinden uns hier in einer der verborgensten Gegenden des gesammten Gebiets. Die einzige bekannte, vor dem Jahre 1866 unternommene Überschreitung des Ortlerpasses geschah durch Tuckett 1864.

Der Hauptkamm streicht vom Passe in einem nach Norden vortretenden Bogen über die südlichste Schulter des Ortler — also nicht direkt zum Monte Zebru, wie man bisher allgemein annahm — und gegen Süd-Osten abbiegend über die weit geöffnete Einsenkung des Hochjoches (die einzige Übergangsstelle in dem Kammbogen vom Passe unmittelbar südlich der Durchfahrt bis zum Königsjoche, bisher namenlos) zu der imposanten Gipfelgruppe des Monte Zebru.

Das Gebirge nimmt nun die frühere Wildheit wieder an, welche durch die drei Joche etwas gesänftigt worden war. Die vier durch eine scharfe übergewehte Schneeschneide verbundenen Spitzen (die zweite von Westen nach Osten ist die höchste) des Zebru gleichen von Süden gesehen furchtbaren Felssäulen; die Ersteigbarkeit der östlichsten, welche die Höhe von 11.800 Fuss erreichen mag, ist sehr zweifelhaft, eine riesige Scharte trennt sie von der Königsspitze.

Zebru und Königsspitze sind in vieler Beziehung gleichartige Gipfel, ihre Höhe und Masse ist enorm, ihre Gestalt majestätisch, ihre Abstürze entsetzlich, mit Eiswänden gegen Norden, mit ungeheuren Felsstufen gegen Süden. Über-

---

[1]) Von Herrn Dr. v. Mojsissovics Ziegerpalfonspitze genannt („Mittheilungen des Österreichischen Alpenvereins" 1865).

haupt steht der durch die drei Bergriesen Ortler, Zebru, Königsspitze gebildete Cirkus an Grossartigkeit und Höhe in unseren Alpen einzig da. Indem man beiden Spitzen den Namen Zebru beilegte, suchte Dr. v. Mojsissovics die minder hohe durch die Bezeichnung Kleiner Zebru zu unterscheiden. Der Name Grosser Zebru oder Zebru ist jedoch weder im Sulden noch im Martell bekannt und indem dieser Berg ohnehin schon die beiden Benennungen Königswand (Sulden) und Königsspitze (Martell) führt, so erscheint es als eine zweckdienliche Vereinfachung der Nomenklatur, den Namen Monte Zebru ausschliesslich für den minder hohen Gipfel zu reserviren.

In seinem weiteren Verlaufe gehört der beschriebene Hauptrücken der Ortler-Alpen zunächst den Schieferbergen Sulden's an.

Ablösungen des Hauptkammes gegen Norden. — Beginnen wir nun mit jenen Gebirgsästen, welche sich vom Hauptkamme gegen Norden ablösen. Unter diese gehören:

Der Breitkamm, nördlich des Stilfserjoches (bisher namenlos), ein plateauähnlicher, 70 bis 150 Schritt breiter platter Rücken, welcher sich sanft gegen den weiten Bergkessel des Oberen Val Braulio verflacht und scharf gegen die Tirolische Seite abfällt. Jenseit einer Einsenkung des Breitkammes erhebt sich die massige Röthlspitze (welche diesen Namen ihren stark oxydirten Schieferfelsen verdankt), der höchste, auf der sanften Nordabdachung mit einem Ferner-Embryo bedeckte Gipfel dieses Zuges. Aber nur ihr östlicher Vorbau gehört demselben an und da die Kammlinie zugleich die Landesgrenze bildet, so steht die Röthlspitze bereits auf Schweizer Boden. Östlich derselben folgen das leicht überschreitbare Seejoch (bisher namenlos) und, nachdem das Gebirge die nördliche Direktion wieder aufgenommen, die durch ihre herrliche Aussicht ausgezeichnete Korspitze, dann eine Reihe rauher Felsköpfe, deren höchster der Tartscher Kopf (auch Tartscher Kor genannt) ist, darauf der Furkelpass und die Furkelspitze. Der Fallaschkopf oder Piz Costainas (9490 Fuss, Kataster, 9512 Fuss, Dufour's Karte der Schweiz, 9507 Fuss, meine eigene Messung) liegt schon ausserhalb der Karte. Von den gegen das Trafoier Thal auslaufenden Ästen dieses Kammes bilden die südlichen die nördliche Thalwand des Stilfserjochthales und der nördlichste, von der Korspitze herabkommend, endet mit der Schwarzen Wand. Von der vom Centralkamme vorgeschobenen Signalkuppe (mit dem Zeichen eines trigonometrischen Standpunktes) macht sich der Vordere Grat los (bisher namenlos), welcher unterhalb der Franzenshöhe endet.

Von der Hintersten Madatschspitze [1] streicht der Ma-

datschkamm mit nördlicher Richtung über die schöne Mittlere Madatschspitze, über einen zackigen Felskopf und mit plötzlicher Annahme des wildesten Felsencharakters zur imposanten Masse der Vorderen Madatschspitze, als welche vorzugsweise die nördliche, etwas niedrigere dieser Doppelspitzen angesprochen wird. Sie deckt von Trafoi aus gesehen die höhere und wurde ihrer vorzüglichen Lage wegen mit einem trigonometrischen Signal versehen. Unbedingt gehört dieser Doppelgipfel zu den grossartigsten der Alpen, seine Wände übertreffen jene des Ortler, er entsendet nördlich das Glurnser Köpfl (dessen Weiden der Gemeinde Glurns gehören, daher der Name), welches jedoch nicht mit der gleichnamigen Kuppe bei Glurns verwechselt werden darf.

Ein dem Madatschkamm, welcher den Madatschferner vom Trafoier Ferner scheidet, völlig gleichartiger, den Trafoier vom unteren Ortlerferner trennender Ast löst sich vom Hauptrücken zwischen der Schneeglocke und der Trafoier Eiswand ab und endet mit der Nashornspitze (diese passende Bezeichnung stammt von den Söhnen der Trafoier Wirthin), dem Madatschberge im Kleinen.

Zwischen der Thurwieser-Spitze und dem Grossen Eiskogl zieht ein kürzerer Zweig als scharfe Schneeschneide über den Kleinen Eiskogl zum Inneren Fernerkopf, dessen Felsenvorsprung den Ortlerferner in zwei grosse Mulden theilt.

Der Ortler tritt, wie bereits erwähnt, durch seinen südlichen Vorbau mit dem gegen Norden ausbiegenden Hauptkamm in Verbindung, sein Massiv wird wohl von keinem Gipfel der Österreichischen Alpen übertroffen und würde einem Berge von weit grösserer Höhe vollkommen entsprechen. In dieser Beziehung erscheinen alle anderen Spitzen seiner Gruppe als Zwerge gegen ihn. Ein gewölbtes Schneeplateau, von welchem der bekannte, im Ergänzungsheft Nr. 18 beschriebene Ortlergrat zur höchsten Spitze emporsteigt, bildet seinen kuppenförmigen Scheitel. Riesige Wände umgeben das Ortlerplateau, gegen Norden senkt es sich als oberer Ortlerferner steil in die Tabaretta-Schlucht hinab.

Nördlich derselben erheben sich die Klingen der Äusseren Tabaretta-Spitze und in der nördlichen Fortsetzung dieses Felsenkammes folgt zuerst ein namenloser Pass, dann die Durchfahrt (der Name stammt von Dr. v. Mojsissovics), die Masse des Bärenkopfes (mit zwei Gipfeln, bisher namenlos), das tief eingeschnittene Hochleitenjoch — eine gute Verbindung zwischen Sulden und Trafoi — und die etwas westlich vortretende Hochleitenspitze (grossartigstes Gebirgspanorama, trigonometrischer Punkt). Der Kamm fällt darauf rasch ab und endet mit dem Zumpanelberg an der Vereinigung des Suldener und Trafoier Thales.

---

[1] Man sagt im Thale mehrentheils Mondatsch, doch bin ich dem durch die Karten verallgemeinerten Ausdruck Madatsch treu geblieben.

Der Ortler entsendet einen gewaltigen Felsenkamm, die Hinteren Wand'ln (der Name konnte in der Karte aus Rücksicht auf die Zeichnung nicht eingetragen werden), welcher das Pleisshorn enthält und oberhalb der Heiligen drei Brunnen endet, gegen Nord-Westen und die Äussere Tabaretta-Spitze einen wilden Felsenzug zur Inneren Tabaretta-Spitze, über einen namenlosen Übergang zur Tabaretta-Kugel.

Ein von der nördlichen (kleineren) Spitze des Bärenkopfes herabziehender Ast enthält die Tabaretta-Scharte (bisher unbenannt) und eine namenlose Spitze und geht, wie die vorhergehenden Ablösungen, in eine lange, das Trafoier Thal begleitende Felsenterrasse über. Von der Hochleitenspitze führt ein felsiger Bergvorsprung, welcher sich scharf gegen das Hauptthal abdacht, westlich.

Ablösungen des Hauptkammes gegen Süden. — Die südlichen Ablösungen des Hauptkammes beginnen im Westen mit dem Kleinen und Grossen Monte Scorluzzo, welcher mit der vom Monte Video westlich streichenden Schneewand der Hohen Schneide eine weite Gletschermulde einschliesst, in welcher der apere (schnee- und eisfreie) Vorsprung der höheren Naglerspitze zwei Ferner sondert.

Vom Kleinen Cristallo-Gipfel streicht ein kurzer, den Hauptkamm an Höhe übertreffender Ast gegen Süd-Osten über den höchsten und nächsthöchsten der Cristallo-Spitzen und stürzt dann plötzlich ab.

Sieht man von der Verbindung der Ortlermasse mit dem Centralzuge der Ost-Alpen, also von dem Laufe der Hauptwasserscheide ab, so hat man eigentlich den hohen, furchtbar steil gegen Süden abfallenden Zug, welcher von der Geisterspitze über die Hohe Schneide und viele andere ausgezeichnete Spitzen führt und an der Vereinigung des Val Fraele mit dem Val Braulio endet, als die westliche Fortsetzung des Hauptkammes der Ortler-Alpen und den breiten, zum Stilfserjoch ziehenden Firnkamm als eine Abzweigung desselben zu betrachten. Hierzu berechtigen die geradlinig westliche Fortsetzung dieses Dolomitgebirges, dessen Höhe und der dem Centralzuge gleichartige Gebirgsbau.

Landesgrenze. — Die Grenze Tirol's gegen die Schweiz wird durch die Kammlinie der Trafoier Schieferkette gebildet und jene gegen die Lombardei vom südlichen Ende des Breitkammes und dem Stilfserjoch an durch die Hauptwasserscheide der Ortler-Alpen.

Kartenfehler. — Die Darstellung des Trafoier Thales in der Tiroler Generalstabskarte ist, abgesehen von einigen Mängeln des Skeletts, richtig und naturgetreu wie jene Sulden's. Die vorkommenden Fehler sind durch die Kleinheit des Maassstabes zu entschuldigen oder beziehen sich auf Gebirgsabschnitte, welche bis auf die neueste Zeit fast un-

bekannt waren. Dahin zählen die vollkommen ausdruckslose Zeichnung des Hauptkammes vom Stilfserjoch bis zum Monte Cevedale, die unrichtige Ablösung des Ortler von demselben, die Auslassung des Inneren Fernerkopfes, die überhaltenen Felsmassen im Westen des Madatschferners und die unrichtige Stellung des Monte Zebru, welcher als mit der Königsspitze zusammengehörig erscheint. In der Lombardisch-Venetianischen Generalstabskarte ist die Darstellung der in das Val Zebru herabfliessenden Gletscher sehr mangelhaft und der Vitelli-Gletscher viel zu gross gezeichnet, weil er in derselben auch die Vedretta Scorluzzo in sich begreift. Andere Irrthümer dieser Karte betreffen die Namen. Der Fallaschkopf (Piz Costainas in der Schweiz genannt) heisst in derselben Korspitze, die Röthlspitze Yslincs-Berg (eine Ableitung von Costainas, dem Namen des sich von ihr nach Norden herabsenkenden Thales), das vom Stilfserjoch gegen Osten ziehende Thal Wurmser Thal und von dem ebenfalls darin vorkommenden Namen Vedretta di Monte Cristallo können wir ganz Umgang nehmen, da man unter Monte Cristallo bis auf die neueste Zeit nicht eine einzelne Bergspitze, sondern ziemlich die ganze Schneemauer im Süden von Trafoi begriff. Das Wort Hochleiten steht nicht an seinem Platze, denn es kommt erst einem nördlicher gelegenen Gipfel zu [1]), und da man sowohl in Sulden wie in Trafoi allgemein Ortler sagt, so ist auch die Schreibart Ortles zu beanstanden.

II. Orometrie.

Gebirgsbau. — Den Gebirgsbau des nordwestlichen Ortlerstockes charakterisiren das gegen Norden scharf abfallende, vom Hauptkamme bedeutend überragte Plateau, welches den Süden des Trafoier Gebiets einnimmt und gegen Süden plötzlich abstürzt (besonders gilt diess von dem Kamme der Cristallo-Gipfel, der Hohen Schneide &c., deren Felsmassen beinahe die Sohle des Val Zebru erreichen, während die Abdachung östlich desselben in grossen Terrassen mit zwischenliegenden Flächen Statt findet), die fast durchgehends rechtwinkligen Ablösungen der nach Norden und Süden entsendeten, unter sich parallelen Felsenäste und die ausserordentliche relative Höhe dieser Züge, deren Spitzen oft jene des Hauptkammes überragen. Da sich diese Eigenthümlichkeit in dem Gebirgszweige Ortler-Zumpanelberg in etwas verjüngtem Maasse wiederholt, so

---

[1]) Ein Irrthum, zu welchem ich mich auch bei der Zeichnung der Suldner Karte verleiten liess. Meine diessjährige Aufnahme geschah mit Benutzung der trigonometrischen Hauptpunkte des Gebiets, deren genaue Position mir durch den Abtheilungs-Chef des Katasters, Trigonometer Norbert Bauer, gütigst mitgetheilt wurde.

wird Trafoi zum Central-Orte dieser radienförmig dahin abfallenden Seitenkämme. Nur die westliche, dem Schiefer angehörende Thalseite macht hiervon eine Ausnahme, sie kennzeichnen eine ungefähr im Niveau der oberen Baumgrenze beginnende steilere Terrasse, welche bis ins Hauptthal hinabreicht, und der rasche Abfall der Bergmasse gegen das Stilfserjochthal (zufolge des Abbrechens der Schichtenköpfe daselbst), endlich die mässigen Niveau-Unterschiede des Kammes im Vergleiche zu den vorerwähnten Kalkketten.

Höhenmessungen. — Ich habe bei meinen Untersuchungen im Trafoier Gebiete dem orometrischen Momente besondere Aufmerksamkeit gewidmet, 203 Höhenmessungen gemacht und 160 landschaftliche Skizzen und Gebirgsprofile aufgenommen.

Die Höhenmessungen geschahen mit einem Winkel-Instrument (vom Mechaniker Perfler in Wien), welches Ablesungen von 1 Minute gestattet und ein astronomisches Perspektiv 14maliger Vergrösserung besitzt.

Als Basen der Höhenbestimmungen dienten mir die trigonometrischen Positionen des Gebiets, von welchen ich 123 Höhen- und Tiefenwinkel beobachtete. 80 Messungen geschahen von graphischen Punkten der Sektion (von Trafoi, der Cantoniera del Bosco, von einem Buge der Stilfserjochstrasse, von der Franzenshöhe, von der Röthlspitze und von der Mittleren Madatschspitze) aus. Einige Örtlichkeiten wurden mehr als sechs Mal gemessen, bei der Höhenbestimmung waren mir jedoch nur jene Beobachtungen maassgebend, welche von trigonometrischen Punkten aus geschahen, und nur in wenigen besonderen Fällen sah ich mich genöthigt, auch die Ergebnisse graphischer Punkte zu benutzen. Ich bemerkte die Übereinstimmung der von mir gewonnenen Resultate mit den Höhenbestimmungen des Katasters, wie diess auch die folgende Höhentabelle anschaulich macht. Von der Grösse der Differenzen, welche übrigens bei Messungen verschiedener Autoritäten immer einzutreten pflegen, überzeugt man sich — ich sehe dabei ganz von viel eklatanteren Abweichungen ab, welche die hypsometrischen Beobachtungen in Tirol ergaben (z. B. Dreiherrenspitze, Marmolade &c.) —, wenn man erfährt, dass die Höhe des Stilfserjoches gelegentlich des Strassenbaues 1824 zu 8902 Fuss (Trafoi zu 5346 Fuss), vom Kataster zu 8722 Fuss (Trafoi zu 4899 Fuss), bei der Aufnahme der Schweiz unter der Leitung des berühmten General Dufour zu 8829 Fuss bestimmt wurde und dass sie in der geognostischen Karte Tirol's mit 8804 Fuss (Trafoi zu 4945 Fuss) ausgedrückt ist.

In der nun folgenden Höhentabelle wurden auch jene Messungen, welche ich auf der Hochleitenspitze für das Suldengebiet machte, mit aufgenommen.

Pointirter Gegenstand.	Absolute Höhe nach dem Kataster W. Fuss.	Mittlerer Werth meiner Messungen		Relative Höhe über Trafoi.	Anmerkung.
		von trigonometrischen Punkten.	von graphischen Punkten.		
Im Hauptkamm:					
Stilfserjoch	8722	8743	—	3823	
Monte Scorluzzo (kleinerer Gipfel)	—	9529	—	4930	
Vitelli-Joch	—	9203	—	4304	
Kleine Naglerspitze . .	—	10249	—	5350	
Grosse Naglerspitze . .	10305	10320	—	5406	
Monte Livrio	—	10059	—	5160	
Geisterspitze (M. Video)	10955	10949	—	6056	
Südlicher Vorbau derselben	—	10855	—	5956	
Monte Cristallo (kleinster Gipfel) . . .	—	—	—	6001	10900' Schätz.
Madatschjoch	—	10472	—	5573	10450' Tuckett's Aneroïdmessung.
Tuckettspitze	10963	10970	—	6064	gemessen mit 10971, 10971, 10962, 10979'.
Tuckettjoch	—	10585	—	5686	
Hinterste Madatschspitze	10842	10855	—	5943	10858, 10853' gemessen.
Trafoier Joch	—	10436	—	5537	
Flache Kuppe östlich desselben	—	—	10539	5640	
Einsattelung östlich derselben	—	—	10509	5610	
Schneeglocke	—	10882	—	5983	
Scharte östlich derselben	—	—	10560	5661	
Spitze östlich derselben	—	10796	—	5897	
Trafoier Eiswand . .	—	11271	—	6372	
Thurwieser-Spitze . .	11534	11546	—	6635	11567, 11539, 11534, 11545' gemessen.
Grosser Eiskogl . . .	—	11327	—	6428	
Ortlerpass	—	10650	—	5751	
Hochjoch	—	—	—	5901	10800' Schätz.
Monte Zebru	11816	11821	—	6917	11820, 11823, 11821' gemess.
Königsspitze	12195	—	12223	7296	von der Röthlspitze gemess.
Im Ortlerkamm:					
Ortler, kleinerer Gipfel	—	—	12250	7351	
„ höchste Spitze .	12356	12359	—	7456	12355, 12355, 12397, 12370, 12354, 12350' gemessen.
Scharte südl. der Äusseren Tabaretta-Spitze .	—	—	9667	4768	
Äussere Tabaretta-Spitze	—	9946	—	5047	
Bärenkopf	—	9307	—	4408	
Hochleitenjoch . . .	—	8479	—	3508	
Hochleitenspitze . . .	8835	8839	—	3936	8840, 8838' gemessen.
Zumpanelberg	7918	—	—	3019	
Im Schieferkamm:					
Monte Scorluzzo (höherer Gipfel)	—	9843	—	4944	9891' nach Wolf's barometrischer Messung.
Röthlspitze	—	9565	—	4666	3030 Meter nach Dufour.
Korspitze	9262	9272	—	4363	2947 Meter nach Dufour.

J. Payer,

Pointirter Gegenstand.	Absolute Höhe nach dem Kataster. W. Fuss.	Mittlerer Werth meiner Messungen von trigonometrischen Punkten.	von graphischen Punkten.	Relative Höhe über Trafoi.	Anmerkung.
Felsspitze nördlich der Korspitze	—	9280	—	4381	
Tartscher Kopf	9222	—	—	4323	9228, 9225' gemessen.
Furkelspitze	9356	9362	—	4457	9362, 9362' gemessen, 2967 Meter nach Dufour.
Fallaschkopf	9490	9507	—	4591	9512' Dufour, Schweiz.
Schafberg	9259	—	—	4360	
Im Madatschkamm:					
Mittlere Madatschspitze	—	10462	—	5563	10436, 10447, 10433, 10462' gemessen.
Vordere „ (höherer Gipfel)	—	10085	—	5186	
Vordere Madatschspitze (kleinerer Gipfel)	—	9830	—	4931	9800, 9857, 9829, 9833' gemessen.
Oberes Ende des Schneeflecks am Fusse der Madatschfelsen	—	—	7342	2443	
Mittlere Höhe d. Fusses der Madatschfelsen	—	—	7489	2590	
Glurnser Köpfl	—	—	6558	1659	
In den anderen Gebirgsästen:					
Hohe Schneide	—	10793	—	5894	
Monte Cristallo (höchster Gipfel)	—	11060	—	6161	
Monte Cristallo (nächsthöchster Gipfel)	—	—	—	6101	11000' Schätz.
Schwarze Wand	—	—	7263	2364	
Signalkuppe	—	—	8761	3862	
Nashornspitze	—	—	9090	4191	
Ein östlicher Fusspunkt derselben	—	—	8039	3140	
Ein nördl. Fusspunkt derselben	—	—	7551	2652	
Oberes Ende des Felsgart'ls	—	—	6665	1766	
Mitte des Felsgart'ls	—	—	6374	1475	
Nördlicher Fuss der Schneeglocke	—	—	9861	4962	
Nördlicher Fuss der Trafoier Eiswand	—	—	9918	5019	
Kleiner Eiskogl	—	—	11084	6185	
Innerer Fornerkopf	—	—	10321	5422	
Oberes Ende der Wand westlich davon	—	—	9985	5086	
Unteres Ende des vom Eiskogl abgezweigten Astes	—	—	8558	3659	
Ein Fusspunkt der Felsen südlich davon	—	—	9183	4284	
Pleisshorn	—	9971	—	5072	9963, 9976, 9976' gemess.
Oberer Ortlerknott	—	10727	—	5828	
Oberster Ortlerknott	—	10902	—	6003	
Isolirte Felspartie im oberen Ortlerferner (von Trafoi sichtbar)	—	11617	—	6718	
Unteres Ende der Felszunge in der Stickle Pleiss	—	8058	—	3159	

Pointirter Gegenstand.	Absolute Höhe nach dem Kataster. W. Fuss.	Mittlerer Werth meiner Messungen von trigonometrischen Punkten.	von graphischen Punkten.	Relative Höhe über Trafoi.	Anmerkung.
Unteres Ende der Hinteren Wand'ln, südöstlich der Heiligen drei Brunnen	—	7042	—	2143	
Ein Absatz der Hohen Eisrinne nahe dem Gletscher-Ende	—	7747	—	2848	
Eck der Terrasse am Berge nahe dem Gletscher	—	6552	—	1653	
Oberes Ende des Schuttkegels der Hohen Eisrinne	—	5309	—	410	
Mittlere Höhe der Felsterrasse nordöstlich davon	—	6270	—	1371	
Tabaretta-Kugel	—	8367	—	3468	
Einsattelung südöstlich derselben	—	8107	—	3208	
Innere Tabaretta-Spitze	—	9696	—	4797	
Tabaretta-Scharte	—	7550	—	2651	
Gipfel westlich davon	—	7645	—	2746	
Niveau des Hochleitenthales, nördlich davon	—	—	7141	2242	
Thalpunkte, Alpen, Gletscher-Enden, Suldner Berge:					
Casetta	8019	8038	—	3139	
Franzenshöhe	6907	6921	—	2022	
Cantoniera del Bosco	—	6288	—	1389	
Strassenbug unmittelbar südlich des Tartscher Thales	—	5644	—	745	
Trafoi	4899	—	—	—	
Heilige drei Brunnen	5075	—	—	176	
Tartscher Alpe	—	5949	—	1050	
Tabaretta-Alpe	—	—	6610	1711	
Fuss des Ebenferners	—	—	8490	3591	
Fuss des Lauinenferners beim Monte Livrio	—	7772	—	2873	
Fuss des Madatschferners	—	6261	—	1362	
Fuss des Trafoier Ferners	—	5260	—	361	
Fuss des Unteren Ortlerferners	—	5230	—	331	
Fuss des Oberen Ortlerferners	—	8389	—	3490	
Fuss des Tabaretta-Ferners	—	8032	—	3133	
Gletscherzunge des Unteren Ortlerferners, nordöstlich der Nashornspitze	—	7593	—	2694	
Gletscherzunge östlich des Felsgart'ls	—	6781	—	1882	
Grotte unter der Franzenshöhe	—	6535	—	1636	
Hintere Schöntaufspitze	10505	10498	—	4665	Die relative Höhe der Suldner Berge bezieht sich auf den Thalpunkt St. Gertrud, 5840'.
Kleiner Cevedale	—	11784	—	5940	
Mittlerer Cevedale	11901	11915	—	6061	
Hochofenwand	11144	11150	—	5304	
Tschengelser Hochwand	10669	10685	—	4829	
Vertainspitze	11204	11199	—	5364	
Plattenspitze	—	10818	—	4970	
Mittlere Pederspitze	10943	11032	—	5103	
Innere Pederspitze	10382	10400	—	4542	

Pointirter Gegenstand.	Absolute Höhe nach dem Kataster. W. Fuss.	Mittlerer Werth meiner Messungen		Relative Höhe über Trafoi.	Anmerkung.
		von trigonometrischen Punkten.	von graphischen Punkten.		
Die erste Spitze südlich vom Madritschjoch .	10314	10330	—	4474	
Die nächste Spitze südlich	10470	10474	—	4630	
Die nächste Spitze südlich	—	10406	—	4566	
Suldenspitze	10711	10675	—	4871	

Von diesen 63 gemessenen Spitzen erreichen oder über-
steigen 3 die Höhe von 12.000 Fuss, 12 von 11.000 Fuss,
24 von 10.000 Fuss, 17 von 9000 Fuss und 4 von 8000 Fuss.
Die Massenerhebung des Gebirges ist somit ausserordentlich
und selbst der Tiefpunkt desselben, Trafoi, besitzt noch
immer 4899 Fuss Meereshöhe. Der grösste Niveau-Unter-
schied, Ortler-Trafoi, ergiebt 7457 Fuss Differenz.

Im Vergleich mit Sulden erweist sich das Trafoier Thal
als tief eingeschnittenes, wildes Alpenthal, dessen Mittelhöhe
1000 Fuss geringer ist als jene des vorhergenannten. Die
im Trafoier Distrikt vorherrschenden Kalkmassen, welche
der Verwitterung hartnäckiger Widerstand leisten als die
Schiefer des durch die Erscheinungen der Erosion merk-
würdigen Sulden tragen hieran offenbar grossentheils die
Schuld.

Mittlere Höhenwerthe. — Die nachstehende Tabelle ver-
anschaulicht die orometrischen Elemente des Gebiets und
vergleicht dasselbe mit anderen Alpentheilen; die Kamm-
profile verdeutlichen die Physiognomie der gehobenen Massen
durch den landschaftlichen Charakter der Contouren im Län-
gen- oder Querschnitte.

Gebirge.	Mittlere Kammhöhe.	Mittlere Spitzenhöhe.	Mittlere Sattelhöhe.	Mittlere Schartung.	Autorität.
Trafoier Umfassungsbogen: Furkelspitze, Monte Scorluzzo, Ortler, Hochleitenspitze	10181′	10475′	9847′	628′	Payer.
Kamm-Abschnitt: Furkelspitze, Stilfserjoch, Hohe Schneide, Geisterspitze .	9188	9311	9040	271	"
Kamm-Abschnitt: Ortlerpass, Zebru, Königsspitze . .	10913	11148	10638	510	"
Kamm-Abschnitt: Ortler, Königsspitze.	11385	11803	10689	1214	"
Kamm-Abschnitt: Tabaretta, Hochleitenspitze . . .	9158	9362	8953	409	"
Der Madatschkamm . . .	10163	10323	9922	401	"
Hauptkamm der Ortler-Alpen: Stilfserjoch, Monte Cevedale	10744	11035	10380	655	"
Suldner Umfassungsbogen: Tabaretta, Vertainspitze .	10600	10900	10243	657	"
Zillerthaler Hauptkamm. .	9250	9770	8720	1050	Sonklar.
Ötzthaler Gebirge. . . .	9514	9854	9174	680	"
Stubayer Gebirge	8851	9241	8462	779	Barth und Pfaundler.

Neigungsverhältniss der Thäler. — Bemerkenswerth ist
die grosse Steilheit der Trafoier Thäler und Risse, sie ver-
theilt sich in den Schieferbergen ziemlich gleichmässig auf
die ganze Länge derselben, während sie im Kalkgebirge
erst in den tieferen Regionen, in welchen die Terrassen-
bildung vorherrscht, auftritt.

Thäler.		Grade.	Minuten
Hochleitenthal,	Dolomit	22	14
Tabaretta-Thal,	"	23	32
Hohe Eisrinne,	"	24	7
Furkelthal,	Schiefer	23	36
Tartscher Thal,	"	24	27
Schafthal,	"	22	4
Stilfserjochthal	. . . .	15	25
Mittlere Neigung dieser Seitenthäler	. . . . . .	22	13
Trafoier Hauptthal	. . . .	3	50

III. Die Gletscher.

Areal. — Das Gesammt-Areal der dem Trafoier Gebiete angehörenden Ferner beträgt 0,228 QMeilen; drei derselben gehören der ersten Ordnung, drei der zweiten an.

Firnregion. — Die Firnregion beginnt auf der Nord-
Abdachung des Hauptkammes schon bei 8400 Fuss, der Ebenferner und die Vedretta Stelvio liegen ganz in derselben, und
bei der Süd-Abdachung beginnt die Firnlinie 200 Fuss höher.

Gletscher-Enden. — Die Trafoier Ferner zählen zu den
in Österreich am tiefsten herabziehenden, der Fuss des
Ortlerferners erreicht 5230 Fuss und nur das Ende des
Floitenkeeses in den Zillerthaler Bergen (4900 F., Lipold)
liegt noch tiefer, während der Grindelwaldgletscher in der
Schweiz erst bei 2900 Fuss aufhört.

Eisstruktur und Farbe. — Die Eisstruktur ist bei den
meisten Gletschern des Gebiets zufolge ihrer Wildheit
schwach ausgeprägt, die Eisfarbe reiner, lebhafter bei den
Fernern nördlich des Hauptkammes als bei jenen südlich
desselben, meist licht blaugrün oder weissgrau. Drei Gletscher, Madatsch-, Trafoier und Unterer Ortlerferner, gleichen
einander in Bezug der Umrahmung, Lage und Dimension,
nur die nach Osten zunehmende Wildheit unterscheidet sie.

Oscillationen. — Einige Gletscher des Gebiets haben
beträchtlich an Umfang verloren, gehen auffällig zurück, —
so seit mehr als 20 Jahren der Trafoier und der Untere
Ortlerferner. Der Suldenferner, welchen ich am 14. und
29. September besuchte, ist nach der Beobachtung des Kuraten von St. Gertrud, Herrn Eller, seit Ende September
1865 bis zum 29. September 1866 um $66\frac{1}{2}$ Pariser Fuss
zurückgewichen, $27\frac{1}{2}$ Fuss entfallen davon auf die letzten
76 Tage (also im Mittel täglich beinahe $\frac{1}{3}$ Fuss). Desgleichen ist die vertikale Abnahme des Gletschers sehr beträchtlich. Ungefähr in der Längenmitte seiner Eiszunge

wird dieselbe von einer Felsenterrasse durchquert. 1865 war nur die Westhälfte dieser Terrasse eisfrei, 1866 aber ihre ganze Ausdehnung. Natürlich hatte auch die Breite dieser Eiszunge beträchtlich abgenommen.

Ursache der Gletscherarmuth der Kalk-Alpen. — Die Gletscherarmuth der Kalk-Alpen, besonders aber ihr Mangel an grossen Fernern darf nicht der Aufsaugung der Niederschläge durch die Porosität dieser Felsart zugeschrieben werden, wie diess durch die Brüder Schlagintweit geschehen ist, — sie ist vielmehr leicht erklärbar durch die das Gestein auszeichnende Schroffheit und durch den Abgang grosser Muldenformen oberer Thalanfänge, der Lagerstätten des Firns. In gleicher Weise besitzt das Kalkgebiet des Ortler trotz seiner eminenten Höhe zwar zahlreiche, aber räumlich unbedeutende Ferner und sein bis zum Tonalpasse reichendes Schiefergebiet ungeachtet der verminderten Erhebung eine umfangreiche Gletscherwelt mit mehreren durch ihre Ausdehnung hervorragenden Eisgebilden. Während die Längenaxe des grössten Eisstromes des Finsteraarhorns 75.900 Fuss, 3,28 Meilen (Grosser Aletschgletscher [Unteraargletscher 45.200 F., 1,93 Mln., Vieschgletscher 46.800 F., 2 Mln.]), des Monte Rosa 48.300 F., 2,07 Mln. (Gorner Gletscher [Ferpècle-Gletscher 44.900 F., 1,92 Mln.]), des Mont-Blanc 46.200 F., 1,97 Mln. (Glacier des bois), der Ötzthaler Berge 35.700 F. (Gepaatschferner), des Glockner 32.000 F. (Pasterze) und des Adamello 26.000 F. (Vedretta del Mandron) besitzt, erreicht der bedeutendste Ferner im Kalkgebiete des Ortler nur 13.260 Fuss (Madatschferner) Längenentwickelung. Die Entwickelung der Eiswelt ist nicht allein von der Grösse der Gebirgserhebung, sondern weit mehr von dem Gebirgsbau abhängig, wie diess die angeführten Beispiele zeigen.

Sonklar weist darauf hin, dass sich der Kalk in der Regel nicht zu so hohen, gewaltigen Massen erhebt, als diess bei Gebirgen der sogenannten Urformation der Fall ist, und dass deshalb die Zahl der Gletscher im Kalke geringer ist.

Dimensionen der einzelnen Gletscher.

Gletscher [1].	Areal in QMln.	Längen-Axe.	Grösste Breite.	Mittlere Breite.	Niveau des Gletscherfusses.	Ordnung.
Madatschferner . .	0,075	13260	6150	4000	6261	Primär.
Trafoier Ferner . .	0,03	10300	3500	1950	5260	"
Unterer Ortlerferner	0,066	12912	7932	3970	5230	"
Ebenferner . . .	0,019	6090	4632	2580	8490	Sekundär.
Oberer Ortlerferner.	0,0336	7128	5130	3252	8389	"
Tabaretta - Ferner .	0,0044	3050	1717	990	8032	"
Vedretta Stelvio . .	0,0045	1470	—	—	8800	"
Vedretta Scorluzzo .	0,024	3840	5442	3800	8400?	"
Vedretta Cristallo .	0,0348	—	6762	—	—	"
Vedretta Zebru . .	0,0757	11172	12030	—	8000?	Primär.
Vedretta Vitelli . .	0,024	—	5778	2940	—	"

[1] Die Dimensionen der Gletscher entsprechen hier ihrer Ausdehnung im Jahre 1866; für die Längen und Breiten derselben bilden die

1. Primäre Gletscher.

Der Madatschferner. — Der Madatschferner ist der grösste Gletscher Trafoi's. In der 6060 Fuss langen Firnregion liegt er in einer tiefen Wanne zwischen dem Geisterspitz—Monte Livrio-Zuge und dem Madatschkamm versenkt. Dieses Firngebiet senkt sich in mehreren flachen Terrassenformen allmählich herab, sein Charakter ist sanft, die Eisspaltung gering, die Tiefe desselben beträchtlich, weil die seitlichen Gebirge mit enormer Steilheit zur Ferner-Ebene herabstürzen. Die weit in die Firnmulde vortretende Tuckettspitze scheidet ein besonderes höheres Firnthälchen, welches mit ansehnlicher Neigung in das Hauptthal mündet.

Den Übergang dieser Region zum eigentlichen, 7200 Fuss langen Eisstrom bildet eine hohe, das Thal durchquerende Terrasse westlich der Vorderen Madatschspitzen, welcher die grösste Wildheit des Gletschers folgt. Seine Neigung, welche im Firngebiete gering war, steigert sich rasch und erzeugt jenes bizarre Chaos, welches den Fernern ihren eigenthümlichen Reiz verleiht.

Der Madatschferner endet nahe gegenüber der Cantoniera del Bosco als schmale (an 180 Fuss breite) Eiszunge und liegt den zahlreichen Besuchern des Stilfserjoches unter allen Ortlergletschern am nächsten.

Die Neigung des Gletschers vom Madatschjoch bis zum Ferner-Ende beträgt 17° 37'.

Das Madatschjoch, zu welchem man zuletzt steil emporsteigt, bildet die beste Verbindung des Trafoier und Zebru-Thales. Über den Madatschkamm den Trafoier Ferner zu erreichen, dürfte unausführbar sein, dagegen gelangt man über die steile Gletscherlehne nördlich der Geisterspitze ohne besondere Mühe ins Val Vitelli.

Ein Blick auf das Terrain (oder auf die in der Karte ausgedrückte, scharf begrenzte Vegetationslinie) seitlich des Madatschferners überzeugt von der grossen Abnahme desselben. Seine Ufer tragen alle die bekannten Merkmale einstiger Eisbedeckung, Rundhöcker, parallele Moränenzüge, weite Schuttlager, Schliffflächen.

Ungeheuer ist die östliche Seitenmoräne des Ferners, ihre Lage im unteren Theile deutet darauf hin, dass ein Zweig desselben einst in den gegen die Balkenquellen führenden Riss hinab gereicht habe. Ein flaches Schuttfeld bildet die Endmoräne des Ferners, dessen Thalzugsgeschwindigkeit ich im Gebiete der Eiszunge mit 0,47 Zoll täglicher Vorrückung gemessen habe.

Der Trafoier Ferner. — Diesen Gletscher, welcher zwischen dem Madatsch- und Nashornkamm in einer riesigen Felsgasse herabfliesst, charakterisiren seine genau nördliche

Kammlinien die Ausgangspunkte. Nach Simony beträgt das Areal des Unteren Ortlerferners 0,08 QMeilen. Bei der Arealbestimmung des Ebenferners wurde der Lauinenferner des Monte Livrio mitgerechnet.

Direktion, seine gerade Längenaxe, deren grosse Neigung sich im unteren Theile noch enorm steigert, und seine gegen die Tiefe gleichmässig abnehmende Breite.

Die Firnregion des Trafoier Ferners liegt in mehreren kleinen Kesseln, welche mit kurzen, steilen Abfällen wechseln, sie ist ausserordentlich wild, an den schroffen Senkungen furchtbar zerklüftet, nur ausdauernden Bergsteigern gangbar [1]).

Der in eine schmale, 5600 Fuss lange Zunge auslaufende, zuletzt nur noch einige Schritt breite Eisstrom stürzt in einen engen finsteren Eisspalt hinab und erreicht darin, zuletzt nur noch in der Eigenschaft eines Lawinenferners (durch Eislawinen gebildete Gletscher), nahezu die Sohle des Hauptthales. Seine Neigung nähert sich hier jener des nachbarlichen Gesteins, macht diesen Abschnitt somit ungangbar.

Das Trafoier Joch, welches sich nach beiden Seiten zuerst rasch herabsenkt, bildet eine direkte, aber beschwerliche, deshalb zeitraubende Verbindung Trafoi's mit dem Zebru-Thale, daher das Madatschjoch unbedingt vorzuziehen ist. Die Überschreitung des Nashornkammes dürfte ein ziemliches Wagniss sein.

Die Neigung des Gletschers vom Joche bis zu seinem Ende beträgt 26° 40'.

Man hat diesen Gletscher (Simony, Österr. Revue) den Westlichen Trafoier Ferner genannt und seinen rechten Nachbar den Östlichen Trafoier Ferner. Benennungen von Örtlichkeiten, welche der geographischen Orientirung entnommen sind, können jedoch den Gebirgsbewohnern nie geläufig werden, da diese durch Oberer, Unterer, Äusserer, Innerer, Grosser, Kleiner &c. zu unterscheiden pflegen. Es ist aber gewiss sehr zweckdienlich, die Namen so zu wählen, dass diese leicht und gern darauf eingehen, weil unerlässlich, neue Namen an Ort und Stelle zu verallgemeinern. Aus diesem Grunde und weil auch die Bezeichnungen Oberer und Unterer Trafoier Ferner in Folge der beinahe gleichen Höhenlage beider Gletscher ohne Berechtigung wären, habe ich diesen Ferner einfach Trafoier Ferner und den östlich folgenden Unterer Ortlerferner genannt.

Der Untere Ortlerferner. — Dieser Name erschien mir um so passender, weil Thurwieser die den Ortler bedeckende Eismasse „Oberer Ortlerferner" genannt hat und man den Namen des Ortler auf einen der von ihm herabziehenden Ferner zu übertragen genöthigt ist. Herr Dr. v. Mojsissovics hält den Marltferner Sulden's für den eigentlichen Ortlerferner, — nach meiner Überzeugung ist der Name Marltferner richtig, weil im Thale üblich.

Der Untere Ortlerferner fliesst in nordwestlicher Richtung und beginnt mit zwei durch den vom Grossen Eiskogl zum Inneren Fernerkopf ziehenden Rücken getrennten Mulden, welche sich am Ende dieses Gebirgsastes vereinigen. Die östliche Mulde ist eine wannenartige, durch scharfe Absätze unterbrochene lange Thalschlucht, die westliche, welche sich an den Nashornkamm anlehnt, geht in eine scharf geneigte Berglehne über. In beiden ist die Eisspaltung enorm, die Passage schwierig. Die gesammte Firnmasse bildet einen verhältnissmässig unbedeutenden, aber durch seine Wildheit ausgezeichneten, 5500 Fuss langen Eisstrom, der an Breite verlierend ausserordentliche Steilheit gewinnt und wie der Trafoier Ferner in einem Felsenkanale herabfliessend das Hauptthal erreicht. Sein Ende ist 10 Schritt breit und leicht zugänglich. Die gigantische Felsenmauer der „Hinteren Wand'ln" (nach Thurwieser) begleitet ihn am rechten Ufer.

Offenbar bildeten der Untere Ortler- und der Trafoier Ferner einst einen zusammengehörigen und nur im oberen Theile durch den Nashornkamm geschiedenen Gletscherstrom, dessen Abnahme die (von der früheren Einwirkung des Eises geschliffenen) Felsmassen unterhalb des Felsgartl blossgelegt und das von demselben zur Nashornspitze reichende Schuttbett erzeugt hat. Hohe Moränenwälle ziehen an den Ufern des Ferners herab, sie fehlen an den Orten plötzlicher Abstürze, ihre Bestandtheile fallen dort wie beim Trafoier Ferner den engen Spalt hinab und bildeten allmählich jene in der Karte ausgedrückte Endmoräne, — eine hohe Schuttlehne, deren Flanken Moränen einer früheren Ablagerung einfassen.

Die Neigung des Gletschers vom Ortlerpasse bis zu seinem Ende beträgt 24° 6'. Dieser Gebirgsübergang fällt mit noch grösserer Steilheit, als diess beim Madatsch- und Trafoi-Joche der Fall ist, gegen Norden herab und bildet eine höchst beschwerliche, ungemein zeitraubende Verbindung des Trafoier und Zebru-Thales. — Die tägliche Vorrückung an dem Gletscherende beobachtete ich mit 0,62 Zoll.

Die Vedretta Zebru. — Die Vedretta Zebru (nach dem Vorgange Tuckett's so benannt, welcher ihr westliches Gebiet als ein besonderes Ferner-Individuum betrachtet) nimmt unter den in der Karte dargestellten Gletschern in Bezug auf ihr Areal den ersten Rang ein und gehört zu den grössten Gletschern der Ortlergruppe überhaupt. Sie verdankt ihre mässigere Neigung (20° 12' vom Ortlerpasse bis zum Gletscherende) dem plötzlichen Absturze des Hauptkammes gegen Süden, unterhalb dessen die Eiszone erst ihren Anfang nimmt.

Die Vedretta Zebru besteht wie der Suldenferner aus drei Abtheilungen, — aus dem wilden Firnkessel, welcher vom Ortlerpasse herabzieht und durch den Monte Zebru

---

von dem zahmen, von der Königsspitze herabkommenden, ziemlich spaltenfreien Zufluss getrennt wird, und aus dem westlichen platten Fernergebiet am Fusse der Trafoier Eiswand.

Die grösste Länge besitzt die sehr gewundene Axenlinie des östlichen Zuflusses, welche auch in der vorangegangenen Tabelle maassgebend wurde. Das umfangreiche Schneegebiet der Vedretta Zebru entsendet nur eine schmale, seltsam geformte, 4200 Fuss lange Eiszunge auf die Sohle eines tiefen Thalkessels des Val Marmotta (bisher namenlos) herab. Die Trümmerbedeckung und Moränen desselben, die vom Eise geschliffenen, das Thal durchquerenden flachen Felsen, an deren oberem Saume der zurückgewichene Ferner in wilden Klippen emporstarrt, führen zu der im Hochgebirge gewöhnlichen Beobachtung der Gletscher-Abnahme. Das Gletscherende liegt bei 8000 Fuss hoch.

Das Hochjoch dürfen nur geübte Bergsteiger als eine gangbare Verbindung des Zebru- und Suldenthales ansehen.

Die Vedretta Vitelli. — Die Vedretta Vitelli beginnt als flaches weites Schneefeld am Hauptkamme zwischen der Nagler- und Geisterspitze, senkt sich dann rasch und mit grosser Zerklüftung in das Val Vitelli (Kälberthal) hinab. Ein Sattel zwischen dem Naglerkamm und dem Monte Livrio verbindet diesen Gletscher mit dem Ebenferner.

2. Sekundäre Gletscher.

Die Vedretta Cristallo. — Die Vedretta Cristallo (von Tuckett so benannt), deren unterer Theil mir unbekannt geblieben ist, ein Gletscher ansehnlicher Grösse, fliesst der Vedretta Zebru, mit welcher er durch den Passo dei camuzzi verbunden ist, parallel, besitzt ein sehr sanftes Firngebiet und endet wie diese hoch über der Sohle des Zebru-Thales.

Die Vedretta Scorluzzo. — Die Vedretta Scorluzzo (bisher namenlos), gegenwärtig eine selbstständige Firnmasse zwischen den Naglerspitzen und dem Monte Scorluzzo, war zweifellos einst ein Zufluss der Vedretta Vitelli. Auf dem diese Spitzen verbindenden Kamme grenzt sie an den nach Norden herabziehenden Ebenferner. Ihre Neigung beträgt 11° 49'.

Der Ebenferner. — Der Ebenferner (bisher namenlos, von mir seiner leicht gangbaren Oberfläche wegen so benannt) besitzt vom Joche südwestlich des Monte Livrio bis zu seinem Ende nahe dem Stilfser Joche 11° 52' Neigung. Die tiefste Einsenkung seines breiten Firnrückens bildet das Vitelli-Joch, ein strategisch wichtiger Punkt, weil man über dasselbe beschwerdelos und mit Vermeidung des Stilfser Joches aus dem Val Braulio in das Trafoier Thal gelangt, weshalb es in den Kriegen Österreichs mit Italien von Garibaldianern stets besetzt und benutzt worden ist.

Der Ebenferner bildet den Lawinenferner am Nordabhange des Monte Livrio.

Die Vedretta Stelvio. — Die kleine Vedretta Stelvio (bisher unbenannt) liegt um Nordabhange des Monte Scorluzzo und gehört ausschliesslich der Firnregion an.

Der Tabaretta-Ferner. — Der Tabaretta-Ferner, von dem die beiden Tabaretta-Spitzen verbindenden Kamm ausgehend, senkt sich zuerst rasch in den flachen Kessel des Tabaretta-Thales herab, welches er, nach den riesigen Seitenmoränen zu urtheilen, einst ganz erfüllt haben muss, und geht dann in eine sanft geneigte, gut gangbare Gletscherzunge über.

Ein unbedeutendes Eisgebilde, eigentlich nur ein Ferner-Embryo wie jener der Zugspitze, lagert am Nordabhange der Röthlspitze, gehört somit der Schweiz an.

Der Obere Ortlerferner. — Der Obere Ortlerferner — 27° 30' mittlere Neigung — bedeckt die plateauähnlich erweiterte Oberfläche des Ortler, dessen Abdachungen und zungenförmig die steilen Abstürze mehrerer in die hohe Eisrinne herabführender Risse — diese sind die „Stickle Pleiss", der frühere, durch die ungeheure Neigung dieses Hanges schwierige Ortlerweg, der Ferner der Tabaretta-Schlucht (dessen Ende in der Gletscher-Tabelle für den Oberen Ortlerferner als maassgebend betrachtet wurde) und ein zwischen den genannten Gletscherzweigen herabziehender Lawinenferner, welcher sich durch die regelmässigen (mehrmals des Tages Statt findenden) Ablösungen der Eiswände des Ortler erhält. Nach dem Vorgange Sonklar's habe ich den Oberen Ortlerferner in meiner Arbeit über das Suldengebiet Tabaretta-Ferner genannt; da jedoch der nördlich der Tabaretta-Spitzen gelegene Gletscher weit mehr Anspruch auf diesen Namen hat, so kehre ich zu der Anschauung Thurwieser's zurück, welcher, wie schon erwähnt, die Bezeichnung Oberer Ortlerferner festsetzte.

IV. Das Trafoier Thal.

Dimensionen. Gefälle. Seitenthäler. — Das Trafoier Thal, welches sich bei Beidewasser mit jenem Sulden's vereinigt, ist bis zu den Gletschern 0,926 Meilen lang und erhebt sich mit ziemlich gleichmässiger Neigung von seinem Tiefenpunkte (3767 F.) zu seinem höchsten Orte (5230 F.), wonach das Gefälle der Thalsohle 3° 50' und ihre mittlere Höhe 4000 Fuss beträgt (per Klafter 4,8 Zoll Steigung).

Die Direktion des Thales ist nahezu geradlinig gegen Nord-Nord-Osten, die Breite desselben beträgt in dem Abschnitte von Beidewasser bis unterhalb Trafoi durchschnittlich 30 bis 50 Schritt, qualificirt dasselbe dadurch zum engen Gebirgsdéfilé, dessen felsige linke Seitenwand schwer gangbar ist und an dessen Ausgange die Thalsperre Go-magoi erbaut wurde. Von Trafoi an bis zum Thalschluss erweitert sich die bisherige Schlucht zu einem ungefähr 200 Schritt breiten, 4000 Schritt langen Kessel, mit dessen Sohle (eine eigentliche Ebene wie jene im Sulden besitzt das Thal an keinem Orte) sich die Abstürze der Dolomitmassen scharf verschneiden, indess die Schieferberge sanft in dieselbe übergehen. Diesem gleichartig wäre der Charakter jedes Querschnittes, den man durch die beiden Thalwände legen würde; im Schiefer würde sich die im Allgemeinen gleichmässige Neigung, im Kalke der scharfe Wechsel des Contour bemerkbar machen.

Die Seitenthäler und Risse fallen meist unter rechtem Winkel in das Hauptthal, ihr Lauf ist geradlinig, wie diess dem Hochgebirge eigenthümlich ist. Die bedeutendsten derselben sind: das Stilfser Jochthal, welches das Schafthal aufnimmt und durch einen Terrassenabsatz bei der Fran-zenshöhe in ein oberes und ein unteres Thal getrennt wird, das Tartscher Thal (oder Tartscher Lahnen- [Lawinen-] Thal), das Furkelthal (bisher namenlos), das tief einge-schnittene Hochleitenthal, dessen Sohle 50 bis 70 Schritt breit ist, und das Tabaretta-Thal, ein weiter Bergkessel wie die Hohe Eisrinne (nach dem Vorgange Mojsissovic's so benannt).

Trafoier Bach. — Der Trafoier Bach, welcher das Thal durchbraust, hat sich im Laufe der Zeit einen tiefen Hohl-weg ausgewühlt, er ist weniger wasserreich und auch nicht so wild wie jener Sulden's, dessen Gefälle stärker, daher die bei Beidewasser vereinigten Etschzuflüsse den Namen Suldenbach behalten.

Klima. — Das Klima Trafoi's ist der um 941 Fuss geringeren Meereshöhe und dem grösseren Schutze gegen Nordwinde entsprechend weniger rauh wie jenes von St. Gertrud. Leider fehlt dem Thal eine Meteorologische Station. Die Thalbewohner haben die Erfahrung gemacht, dass schönes Wetter mit dem Zuge der Wolken im Vintsch-gau gegen Osten, schlimmes Wetter mit jenem gegen Westen oder ihrem Verweilen am Sonnenberge bei Spondini und mit dem Herabwehen des Windes vom Ortler ins Thal im Zusammenhange steht. Doch kennen die Leute auch noch andere Wetterregeln, welche der meteorologischen Wissen-schaft noch Geheimniss sind, — so Pinggera, mein vortreff-licher Führer, der bei einer durch Regen vereitelten Unter-nehmung zu mir sagte: „Sell hot's schon gestern 's Her-sehn gehabt, weil die Kühelen mit den Schweiflen in der Höhe so närrisch rumg'fahren san, und do fahlt's immer".

Vegetation. — Das Vegetations-Areal des in der Karte dargestellten Trafoier Gebiets umfasst 1973 Joch (0,1973 QMln.), und zwar 0,0781 QMln. Wald (781 Joch), 1192 Joch (0,1192 QMln.) Äcker, Gärten, Wiesen und Hutweiden, wäh-rend 0,07148 QMln. (715 Joch) die Schutthalden und öden

Berghänge, 0,0204687 QMln. (205 Joch) die Felsen und 0,228 QMln. (2280 Joch) die Gletscher einnehmen.

Das Thal ist reich an schönen Arven-, Fichten- und Lürchen-Waldungen (unterhalb der Tabaretta-Alm hat eine Lawine vor einigen Dezennien einen ganzen Wald umge-rissen, die Bäume verfaulen, da man es versäumte, sie mittelst einer Holzriese herabzuschaffen), welche der Bau der Stilfser Jochstrasse an mehreren Plätzen ziemlich gelich-tet hat. Ihre obere Grenze liegt bei 6500 Fuss [1]) (im Mittel in den Alpen 5500 Fuss Nordabhang, 6500 Fuss Südabhang), wird jedoch von einzelnen Beständen noch ziemlich überschritten, nur in der Gletschernähe sinkt diese Höhenkurve beträchtlich herab. Das ehemals dicht bewal-dete Glurnser Köpfl ist beinahe kahl geworden, auch die linke Thalseite ist ziemlich mitgenommen. — Wie in allen solchen Fällen folgte die Strafe der Schwächung der Baum-wälder auf dem Fusse durch Häufigerwerden der Lawinen und Murren. Dadurch nimmt auch die Trümmerbedeckung des Wiesengrundes um Trafoi jährlich zu. An die Stelle der Bäume tritt an vielen Orten Krummholz — Zundern genannt (deren Geflecht „am Bergl" im wahren Sinne des Wortes undurchdringlich ist) —, dessen Region bis 8000 Fuss hinauf reicht. Der grösste Theil des Weidebodens ge-hört den Vintschgauer Gemeinden an — die Trafoier dür-fen ihre Heerden nur auf der Thalsohle und an den mage-ren Bergflanken seitlich der Stilfser Jochstrasse weiden lassen. Die besten Grasböden — jene am Vorderen Grat, am Glurnser Köpfl, der Glurnser Kuh-Alm (neben der Fran-zenshöhe), der Tabaretta-Alm (für Schafe) und der Tartscher Kuh-Alm gehören Fremden, wie diess theilweise schon der Name andeutet. Getreide kommt in Trafoi nicht mehr zur Reife, dafür baut man Rüben und Kartoffeln, welche jenen des Vintschgaues vorgezogen werden.

Bevölkerung. — Trafoi zählt 100 Seelen (Stilfs, Beide-wasser und Gomagoi 1219), das Verhältniss der männlichen zur weiblichen Bevölkerung ist = 5 : 8. Seit der Auf-lassung der Stilfser Jochstrasse sind die Trafoier ausschliess-lich auf den Ertrag der Viehzucht angewiesen, aber dieses im Gebirge häufig einzige Existenzmittel ist ihnen derartig verkürzt, dass viele der armen Leute mit den Stilfsern ausser Landes ziehen, um als Maurer oder Eisenbahnarbeiter ihr Brod zu verdienen. Nur Kriege mit Italien bilden eine besondere Erwerbsquelle durch die starke Besetzung des Stilfser Joches. Eine Trafoier Wittwe lebt mit ihren zwei Kindern von zwei Ziegen — welch' bescheidene Lebens-ansprüche! Dafür gilt die Wirthin Barbara Ortler (Ver-wandte des Ortler trifft man hier wie im Sulden in grosser Zahl) im Thale und weithin als wahrer Krösus.

------

[1]) 900 Fuss tiefer als im Suldenthale.

Trafoi, Heilige drei Brunnen. — Trafoi (Tres fontes) besteht aus einem äusseren und einem inneren Häusercomplex mit zusammen 19 Gebäuden, welche Alpenhütten gleichen. Das ärmlich ausgestattete Kirchlein stammt, wie ich vom Pfarrer erfuhr, aus dem Anfange des siebzehnten Jahrhunderts, die Loretto-Kapelle bei den Heiligen drei Brunnen wurde 1645 und die Kirche daselbst 1702 erbaut. Die Wallfahrten dahin (29. September) begannen im dreizehnten Jahrhundert.

Thalschluss. — Unendlich erhaben ist der Trafoier Thalschluss, besonders vom Standpunkte der Heiligen drei Brunnen. Neben uns auf dem schmalen Wiesensaume, begrenzt vom breiten Schuttbette des Trafoier Baches, umstellt von alten Arven, steht das Kirchlein, — darüber ausgebreitet die wundervolle Alpenwelt, der riesige Madatschkegel, im äussersten Hintergrunde die schneeige Ringmauer des Hauptkammes. Aus den Körpern der drei Heiligen rauscht das krystallene Bergwasser ($+ 3°$ Réaumur), — eine liebliche Idylle inmitten eines gewaltigen Amphitheaters von Fels und Eis. Dieses Thalende gleicht dem Hintergrunde vom Val Genova der Adamello-Alpen, nur ist es ernster, düsterer, ohne den warmen Hauch der Südalpen.

V. Das Val Zebru.

Das nur säumbare Val Zebru entspringt am Zebru-Passe (welcher die Verbindung mit dem Val Cedeh bildet), südlich der Königsspitze, wird vom Torrente Zebru durchflossen, ist drei Stunden lang und mündet vor S. Nicolo in das Val Frodolfo.

Der Charakter des Thales ist der einer engen Schlucht, in welche links und rechts steile Seitenthäler und Risse (das bedeutendste Thal das Val Marmotta), die Bäche als weiss schäumende Wasserfäden herabstürzen. In seiner östlichen Hälfte sind es besonders die Hänge des Confinale-Zuges, welche durch ihre auffallende Steilheit imponiren und beinahe ungangbar erscheinen. Das Val Zebru enthält keine stabilen menschlichen Wohnorte, sondern nur Alpen, deren letzte nach der Italienischen Generalstabskarte Il Pastore heisst, und bietet, wie mir ein alter Jäger daselbst sagte, jährlich über tausend Schafen Nahrung. An 200 Fuss oberhalb der Malga befindet sich die Baumgrenze des Thales.

VI. Die Stilfser Jochstrasse.

Nahe der Grenze des Dolomits und Schiefers ersteigt die Stilfser Kunststrasse in 46 Windungen das geschartete Joch, welches nahezu die Höhe der Hochleitenspitze erreicht. Der Bau ist weltberühmt, flösst Staunen ein, wie immer die Besiegung ausserordentlicher Schwierigkeiten.

Erbauung. — Diese höchste fahrbare Alpenstrasse Europa's wurde auf Befehl des Kaisers Franz vom Ingenieur Donegani erbaut, 1824 eröffnet und kostete 1.146.000 Gulden.

Auf der Italienischen Seite ist die Cantoniera di Santa Maria das höchste permanent bewohnte Haus in Europa. Die Strasse bildet die einzige direkte Verbindung Innsbruck's mit Mailand.

Länge. — Nach der bei Gelegenheit der Strassen-Eröffnung erschienenen Denkschrift beträgt die Länge derselben (nicht jene ihrer Horizontalprojektion) von Bormio bis zur Ferdinandshöhe 68.652 Fuss und von da bis nach Prad 79.082 Fuss, ihre Gesammt-Ausdehnung erreicht somit 147.734 Fuss. Davon entfallen auf die Strecke vom Joche bis zur alten Casetta 13.953,7 Fuss, von da bis zur Franzenshöhe 6968,9 Fuss, bis zur Cantoniera del Bosco 7285 Fuss, bis Trafoi 15.123,7 Fuss und bis Gomagoi 15.777,8 Fuss.

Neigung. — Die mittlere Neigung der Strasse von Trafoi bis zur Franzenshöhe beträgt $5° 6'$, von da bis zur Ferdinandshöhe $4° 57'$, also auf der ganzen Linie $5° 1\frac{1}{2}'$. Ganz entgegengesetzt der plötzlichen Senkung des Stilfser Jochthales beginnt das Val Braulio auf der Westseite des Joches mit einer flachen Thalweitung und fällt erst nachher rasch herab.

Fehlerhafte Anlage derselben. — So sehr die Grossartigkeit dieses Strassenbaues, welcher aus commerziellen und militärischen Gründen unternommen wurde, fesselt, so kann man sich doch der Überzeugung nicht verschliessen, dass die Tracirung der Strasse zum Theil fehlerhaft geschah, d. h. dass ihr nicht ein vollkommenes Studium der Örtlichkeiten und der lokalen atmosphärischen Einflüsse und Wirkungen vorausging. Diese Fehler haben an dem Verfalle dieses herrlichen Werkes mächtig mitgewirkt. Die Strasse führt nämlich, besonders im oberen Theile, im ärgsten Lawinenstrich, welcher in den flachen Mulden nördlicher ganz gut vermieden worden wäre; jeder Winter zerstörte sie von Neuem. Ein Mal fegte eine Lawine das Posthaus der alten Casetta (zwischen der Franzenshöhe und der neuen Casetta, jetzt Ruine) weg, alle Anwesenden, auch der Postmeister, kamen um; erst die neue Casetta ward an geschützter Stelle erbaut.

Die ungeheure Steilheit, welche mit enormen Kosten, namentlich im oberen Drittel, überwunden werden musste, der zufolge sich dort 13 Windungen dicht über einander erheben, bewirkte, dass die Strasse durch die sich beständig ablösenden Steine beträchtlich von ihrer ursprünglichen Breite verlor (jetzt noch gegen $1\frac{3}{4}$ Klafter). Auch dieser Übelstand wäre in den muldenartigen Berghängen nördlicher weggefallen und der Staat hätte grosse Summen erspart, welche die Erhaltung und der theilweise Neubau der Strasse verursachten. Sie gewinnt nun allmählich das Aussehen einer Ruine, nach Jahrhunderten wird ein schmaler Saumpfad übrig bleiben, wie es der Heerstrasse Julius Cäsar's über den Pleckenpass in den Karnischen Alpen ergangen ist.

Dessen ungeachtet versicherten mir der kluge Postmeister von Mals und die nicht weniger kluge Wirthin von Trafoi, dass 1000 Gulden ausreichen würden, die Strasse für den Sommer fahrbar zu erhalten, das Ärar aber verausgabte unendlich mehr, — das alte Lied!!

Die Strasse rentirte sich nicht, wurde durch die Tonalstrasse (Jochhöhe 6248 Fuss) ersetzt, nach der Abtretung der Lombardei aufgelassen, ihr Verfall aber unbegreiflicher Weise beschleunigt durch die Beseitigung der letzten Bollwerke gegen Lawinen. Die herrlichen Holzgallerien, welche jeden Reisenden mit Staunen erfüllten, wurden abgetragen (Kosten dabei 800 Gulden), um — — — jetzt schön aufgeschichtet bei Trafoi zu verfaulen. Es wäre vergeblich, den Zweck dieser Maassregel erforschen zu wollen; dergleichen passirt in China nicht.

Der Gang zum Stilfser Joch. — Von Trafoi bis zur Jochhöhe sind nach Maassgabe der Geübtheit des Bergsteigers $2\frac{1}{2}$ bis 4 Stunden, herab 1 bis 2 Stunden erforderlich. Gewiss giebt es in den Alpen nur wenige Routen, vielleicht ist sie sogar die einzige, welche dem Reisenden ohne jede Anforderung an Mühe und Anstrengung den Anblick zerborstener Eisströme, gigantischer Felsenberge und wilder Eisspitzen in solcher Fülle und Nähe gewährt wie der Gang zum Stilfser Joch.

Gleich hinter Trafoi führt die Strasse in den Wald, beim Tartscher Thal macht sie ihre erste Windung; eine Abkürzung längs desselben verbindet sie mit der achten Serpentine. Überhaupt werden die meisten Strassenkrümmungen durch schlechte Steige abgekürzt, diese sind unter dem Joche so schlimm beschaffen, führen so steil herab, dass ihre Benutzung nicht Jedermann räthlich ist. Die Trafoier Wirthin erzählte mir, dass mit dem Gebirge nicht vertraute Touristen schon oft an derlei Abkürzungen förmlich gerettet wurden, da sie weder vor noch zurück konnten, und — obgleich es beinahe unglaublich klingt — dass Andere selbst auf der gefahrlosen Strasse vom Schwindel ergriffen sich dicht an die Berglehne hielten, scheuen Blickes und gewiss ohne Auge für alle diese Herrlichkeiten herabschlichen.

Aus Rücksicht gegen den Leser, welchem die Abkürzung vielleicht keine Erleichterung wäre, lassen wir sie unbeachtet wie alle folgenden. Mit jeder neuen Erhebung, die wir gewinnen, entfaltet sich die vor uns ausgebreitete Hochgebirgswelt immer erhabener; vor uns gähnt der Abgrund des Thales, ein riesiger Bergschlund, der Madatsch dominirt unter allen Bergen durch seine unvergleichliche Form und durch die Höhe seines Felsenkegels. Beim Weissen Knott (Rocca bianca, neben dem Kreuze) erreicht die Schönheit der Landschaft ihren Höhepunkt. Die Hinteren Wand'ln mit dem Pleisshorn erscheinen hier als furchtbarer Felsen-Obelisk, da sie uns ihr klippenartiges

Profil zuwenden; 1000 Fuss scheinbar unmittelbar unter uns erblicken wir die liebliche Oase der Heiligen drei Brunnen, das Rauschen der Gletscherbäche dringt bis zu uns herauf.

Beim weiteren Emporsteigen fesselt uns das wilde Chaos der Eistreppen und Zacken des Madatschferners, an der Cantoniera del Bosco (1849 von Italienischen Freischaaren verbrannt, jetzt Ruine) vorbei steigen wir neben den Baumgerippen absterbender Arven im Zickzack einen Absatz des Stilfser Jochthales hinauf; bei der Franzenshöhe (ehemals Posthaus, jetzt, wie man in Trafoi glaubt, Aufenthalt von Geistern), daneben die Glurnser Alpe, haben wir die Waldregion unter uns. Der Madatschberg hat inzwischen seinen Einfluss auf uns verloren, wir überzeugen uns, dass er nur den Trafoiern zürnend seine stolze, unnahbare Kegelform zuwendet, erblicken dachähnliche Eislager auf seinem verworrenen Schichtenbau; — Schritt vor Schritt erhöht sich der imponirende Eindruck des Ortlermassivs.

Das obere Stilfser Jochthal ist eine braungraue Thalwanne mit rauhen Bergflanken, öden Schutthalden, durchzogen von felsigen Höhen, verwüstet durch Lawinen. Die Grasvegetation wird beim weiteren Vordringen immer spärlicher, beschränkt sich dann auf die schmale Thalsohle, erreicht hinter der verfallenen Casetta (Monte Zebru sichtbar) überhaupt ihr Ende. Die Thalsohle hebt sich nun rasch als wilde Felsenklamm empor, verwitterte Dolomitwände fallen an ihrem rechten Ufer schroff herab. Dem Wanderer steht nun die schwerste Prüfung seiner Ausdauer bevor, er hat jene 13 grossen Windungen emporzusteigen, an der neuen Casetta vorbei durch das schneebelastete Holzdach der Gallerien, durchnässt vom durchsickernden Wasser, um im Schweisse seines Angesichts den schmalen, von eisigen Windzügen beherrschten Sattel des Stilfser Joches zu betreten.

Auf einer monumentalen Grenzsäule daselbst (zugleich trigonometrisches Signal) lesen wir: Territorio tirolese, und auf der Kehrseite: Territorio italiano und die unrichtige Höhenangabe: 2814 metri (8892 Fuss). 15 Schritt davon entfernt, zum Schutze gegen die rasenden Stürme einige Fuss unter der Jochhöhe erbaut, liegt das ehemalige Posthaus, die Ferdinandshöhe, ein kleines steinernes Gebäude.

Der Genuss der Fernsicht concentrirt sich im Anblicke des Ortler, dessen höchste Spitze uns bis in die Nähe der Franzenshöhe verdeckt war [1]). Wer mehr zu sehen begehrt, der steige nicht südlich, sondern nördlich den Kamm hinan, jede weitere Minute Gehens lohnt überreich; wer aber dem Reiz nicht widerstehen kann oder glaubt, es sich

---

[1]) Von Trafoi aus erscheint ein inmitten des Oberen Ortlergletschers gelegenes Felsstück (11.617 Fuss) als der höchste Punkt desselben.

selbst schuldig zu sein, seinen Fuss auf blaugrünes Gletschereis gesetzt zu haben, dem dient die zahme Vedretta Scorluzzo in nächster Nähe.

VII. Geognostisch-geologische Verhältnisse.

Vorherrschende Gesteinszonen. — Der mächtige Kalkstock des Ortler dacht sich mit kurzen Widerlagen, welche im Trafoier Gebiete die concentrische Lage der oberen Thaläste erzeugen, gegen das Sulden- und Trafoier Thal ab; in jenem bekleidet eine Schieferzone das untere Drittel seiner Abhänge, in diesem steigt das Kalkmassiv bis zur Sohle herab und grenzt in einer durch den Trafoier Bach und Stilfser Jochbach genau markirten Linie an das Schiefergebirge des jenseitigen Ufers. In der Höhe findet sich diese Gesteinsgrenze am Vitelli-Joche, doch ist der von der Geisterspitze westlich streichende Gebirgszug in geognostischer Beziehung unbedingt als die westliche Fortsetzung des Hauptkammes der Ortler-Alpen anzusehen.

Eine Viertelstunde oberhalb der Veste und Thalsperre Gomagoi erhebt sich auf der rechten Thalseite ein gneisartiger Hornblendeschiefer, welcher bis zur Kammhöhe des vom Ortler abgezweigten Rückens hinauf reicht und auch in der geognostischen Karte Tyrol's ausgedrückt erscheint. Dieses Vorkommen weist wieder auf die Möglichkeit hin, dass das Relief der abgelagerten Kalkgebirge des Ortler in nothwendigem Zusammenhange mit jenem gneisartigen Gesteine steht, welches gegen den Ortler ansteigend an vielen Orten zu Tage tritt, wie diess bereits bei meiner Arbeit über das Suldengebiet erwähnt wurde.

Gesteinsspezialitäten. — Die Kalkmassen des Trafoi—Zebru-Gebietes bestehen aus zahlreichen dolomitischen Varietäten. Der Dolomit selbst findet sich auf der Schneeglocke, der Tuckettspitze (hier sehr dunkel und dicht), am Vorderen Grat (mit der gewöhnlichen dunkelgrauen Farbe), am Grossen Eiskogl, auf der Hohen Naglerspitze &c., er erscheint grobkrystallinisch, weiss am Passo dei Camuzzi und als dolomitischer Kalk auf dem Südhange der Tuckettspitze (hier dunkel mit lichten Kalkspath-Ausscheidungen), bildet die Felsen, welche den Unteren Ortlerferner vom Tra-

foier Ferner scheiden, den Madatschkamm (hier häufig mit Kalkspathdrusen) und die Felsen des Monte Livrio (oft mit Straten eines grobkörnigen krystallinischen Kalkes, auch rauhwackenähnlich mit Kalkspath-Ausscheidungen), ferner die Hochleiten- und Geisterspitze (lichtgrau), die Umgebung des Ortlerpasses u. s. f. Krystallinischer Kalk tritt da und dort im Oberen Val Marmotta, am Monte Livrio und am Vorderen Grat auf, — Kalkschiefer auf der Hohen Naglerspitze (feinblätterig), am Nordfusse des Monte Livrio und auf der Westseite des Vordersten Madatschberges, er ist von dunkler Farbe, wahrscheinlich den untersten (Kohlen-) Schiefern angehörig, — ein rauhwackenähnliches Gestein (wenn nicht ein Diluvialbreccien-Gestein) im Unteren Val Marmotta und in dem Terrain zwischen dem Vorderen Grat und dem Madatschferner, — endlich ein dioritisches Gestein im Oberen Val Marmotta, auf der Thalwand der Catena dei Camuzzi. Der Glimmerschiefer bildet die Hänge zwischen Trafoi und der Schwarzen Wand, die Umgebung der letzten Malga des Val Zebru (daselbst eisenschüssig), die Korspitze (quarzreich, gneisartig, wahrscheinlich dem Übergangsschiefer angehörend, daselbst auch Chloritschiefer), — der Thonglimmerschiefer den Monte Scorluzzo, die Röthlspitze [1], zum Theil die Umgebung des Stilfser Joches und das Untere Val Marmotta, — der Talkschiefer die Hänge nächst der Cantoniera del Bosco, das Stilfser Joch (dünnblätterig, Varietät von jenem des Monte Scorluzzo, tritt auch im Oberen Val Marmotta auf und gneisähnlich auf der höheren Kuppe des Monte Scorluzzo).

Schichtenbau im Dolomit. — Weit weniger regelmässig ist die Schichtenlage der Trafoier Dolomitmassen wie jene Sulden's, doch scheint auch hier die Streichung nach Norden und Nord-Osten vorzuherrschen. Anscheinend gesetzlos ist das Durcheinandergreifen des Schichtenbaues am Vordersten Madatschgipfel und besonders interessant sind die welligen Faltungen am Südabsturze der Mittleren Madatschspitze. Im Madatsch- wie im Nashornkamme sind die Schichten steil gegen Norden einfallend, im Hauptkamm

---

[1] Daselbst auch Talkschiefer und quarzreiche Glimmerschiefer, eben so am Breitkamm.

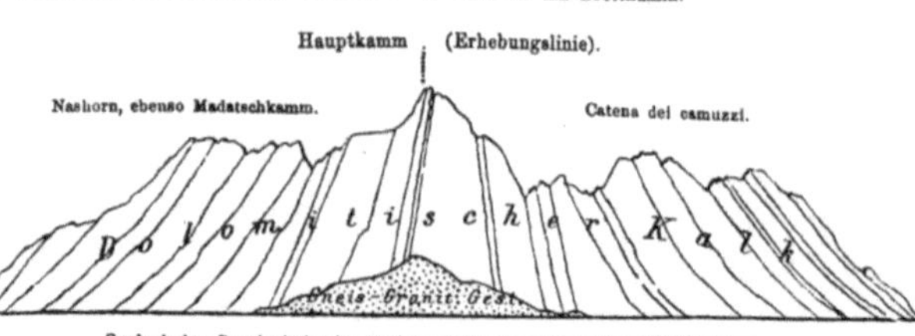

Geologischer Durchschnitt des Trafoier Dolomitmassivs in Nord-Süd-Richtung.

erreicht ihre Neigung den höchsten Grad, oft sogar eine vertikale Stellung (Schneeglocke, Trafoier Eiswand) und sie geben dadurch Anlass zu der klippigen Gestalt des Grates. In der Catena dei Camuzzi brechen die Köpfe der unter hohem Winkel nach Süden einfallenden Schichten steil gegen Norden ab, daher die durch die krystallinische Grundlage (gneisgranitische Gesteine) erzeugte Erhebungslinie der darüber abgelagerten Kalkbildungen im Hauptkamme deutlich hervortritt.

Dieselbe Stellung der Schichten wiederholt sich im Kleinen an mehreren Orten der abgezweigten Kämme und deutet auf parzielle Hebungen hin, welche in ihrer Wirkung lokalisirt blieben. In allen westlichen Widerlagen des vom Ortler zur Hochleitenspitze streichenden Astes steigen die Schichten gegen die nach Süd-Norden gerichtete Erhebungslinie dieses Kammes empor, also mit einem Verflachen nach Ost-Westen, abweichend von dem früheren, nach Süden und Norden gerichteten, Fallen der Schichten. Alle diese Störungen der ursprünglich horizontalen Schichtenablagerung durch Aufrichtung und Zerbrechung beweisen, dass die Gebirge Hebungen und Senkungen erlitten haben, um diese

Gestalt zu erreichen. Die scheinbare Unregelmässigkeit ist gewiss nur eine Folge der Ungleichzeitigkeit, der ungleichen Intensität und des Ortswechsels dieser Thätigkeit, überhaupt aber der beständigen langsamen Bewegung im Gebirge.

Schichtenbau im Schiefer. — Die zu Umwandlungen so disponirten Schiefer streichen von Ost-Nord-Osten nach West-Süd-Westen, fallen nach Nord-Nord-Westen hin ein und sind unter mässigem Winkel aufgerichtet. Ihr oft plötzlicher Abbruch nach Süd-Süd-Osten verursacht zerrissene hohe Wände (Röthlsspitze, Monte Scorluzzo), häufiger aber verfallene Terrassenformen (Nordwand des Stilfser Jochthales), deren Schichtenlage im Bereiche des Talkglimmer- und Talkschiefers durch die atmosphärilischen Einflüsse an den Schichtenköpfen fast unkennbar geworden ist (Weisser Knott, Stilfser Joch, Cantoniera del Bosco). Nur die Seite der Schichtenflächen zeigt gleichmässige sanfte Hänge. In vollkommener Übereinstimmung mit dem Gesagten stehen die Schiefer des östlichen Sulden und es ist naheliegend, dieses Verhalten mit der Erhebung der Kalke in Zusammenhang zu bringen.

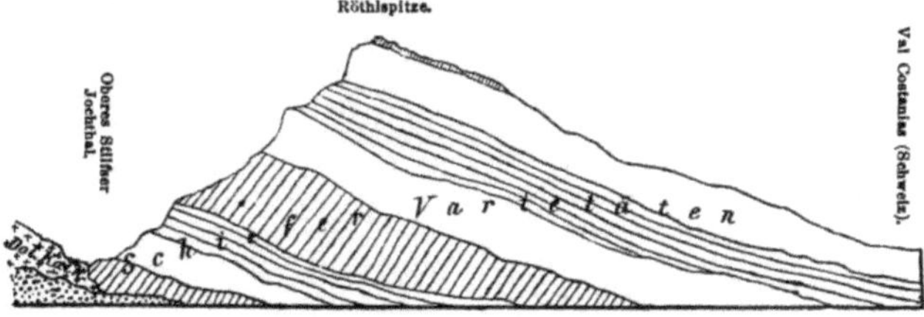

Geologischer Durchschnitt der linken Thalwand von Trafoi in NNW.-SSO.-Richtung.

Erosion durch Eis und Wasser. — Die Erscheinungen der Erosion, der Verwitterung und Lösung der Mineralien sind in mächtigen Schriftzügen in dem ganzen Gebiete eingegraben. Ich erwähne in dieser Beziehung die Thalverschüttung bei den Heiligen drei Brunnen durch die diluvialen Gesteinstransporte der drei primären Ferner, die Bildung der Schuttkegel und Moränenhügel am Fusse der beiden östlichen Gletscher und jener neben den Balkenquellen am Fusse des Madatschberges, den Schuttkegel, auf welchem die Tabaretta-Alm steht (eigentlich eine alte Endmoräne), ferner jene an der Mündung der Hohen Eisrinne, des Hochleiten-, Tartscher und Furkelthales (Trafoi selbst steht auf einem flachen begrasten Schuttkegel, welcher durch die von Lawinen herabgeführten Blöcke alljährlich vermehrt wird), die Geröilllager der Bergkessel, die riesigen, zum Theil schon vegetationsüberzogenen Moränen des Tabaretta-Thales, — welche bis zu einem Niveau herabreichen, das ihre Entstehung in eine vorhistorische Zeit verweist —,

dieselbe Erscheinung an den Ufern des Madatschferners, die Spuren vorweltlicher Gletscherarbeit, welche die Abhänge des Vorderen Grates tragen, die Felsschliffe [1] am Madatschkamm, den Hinteren Wand'ln, auf der Terrasse des Val Marmotta, unterhalb des Felsgart'l und an anderen nun eisfreien Orten, ferner die Detritusbildung [2] des Hauptthales, zu welcher die Schieferberge der linken Thalwand weitaus das grösste Contingent geliefert haben, daher der Trafoier Bach — dessen tiefer Einschnitt nicht ursprünglich vorhanden war, sondern erst mit der Zeit entstanden ist — nächst dem Dolomitmassiv dahinrauscht, den Umstand, dass allein die in der Karte aufgenommenen Moränenzüge nach einer allgemeinen Berechnung den Inhalt von 34.500.000 Kubikfuss einnehmen, und man wird annähernd

---

[1] Deutlicher als irgend wo am Fusse des Lienzer Schlosses Bruck im Pusterthale.

[2] Bemerkenswerth sind die Detritusbildungen und diluvialen Schuttlager des Vintschgaues.

eine Vorstellung von den sogenannten Zerstörungen, vielmehr Umwandlungen gewinnen, welche das Gebirge zu erleiden hat.

Ein interessantes Beispiel von der Gesteinslösung durch Wasserkräfte bilden die Balkenquellen, jene drei Wasserfäden am Fusse des Madatschberges. Sie kommen erst im Juni zum Vorschein und versiegen im Oktober, ihre Stärke steht im innigsten Zusammenhange mit der Intensität der Gletscherabthauung. Ähnlich so vielen anderen Fällen im Karstgebirge, im Steinernen Meere &c. erscheint die Annahme gerechtfertigt, dass diese Quellen aus Gletscherwasser des Madatschferners bestehen, welche einen Weg durch die poröse Kalkmasse des Madatschberges gefunden haben.

Umwandlung der Gebirgsphysiognomie. — Fassen wir nun alle diese Erscheinungen und Fragmente der Zerstörung bildlich zusammen. Die im ersten Anblicke starre Bergwelt bearbeiten tausend physikalische und chemische Kräfte, neu formend, umwandelnd. Von allen Hängen, zufälligen Rinnsalen, Rissen und Thälern, über Absätze, aus den Eisthoren und Quellen rinnt und lärmt in unzähligen Adern geschäftig das klare Bergwasser in die Tiefe, gräbt weite Furchen und enge Klausen, löst oder höhlt das Gestein, erzwingt den Durchgang durch ungeheure Kalkmassen, nimmt den Mineralgehalt der Berge in sich auf und sammelt sich im tobend forteilenden Wildbache, — den Verlust ersetzen die Niederschläge im ewigen Kreislaufe. Das vom Wasser ausgezehrte Gestein kann dem Drucke der auflagernden Schichten auf die Dauer nicht widerstehen, es senkt sich, verdichtet, erneut dadurch seine Tragkraft, welche Senkungsbewegung mit Wärmebildung im Inneren der Erde vor sich geht [1]). Der Aufschlag abstürzender Felsmassen erschüttert weit den Umkreis, der Donner der Lawinen bewegt die Luft, der Sturm bläst die Wälder um, die herabgeworfene Eislast sammelt sich am Fusse der Felswand zu einem neuen Ferner, durch Jahrtausende tragen die Gletscher Stunden lange Schuttwälle ins Thal herab, fallen die Gletschertische langsam der Südseite zu. Am einsamen Berggrat schaffen eisige Windzüge an den übergewehten Schneekämmen ewig Neuformen, ein goldener Sonnenblick schmilzt den Schnee von den Halden und das organische Leben erwacht auf dem verwitterten Gestein für einige Flechten und Moose und wenige hohen Breiten eigenthümliche Pflanzen, deren kümmerlichem Dasein der vorrückende Ferner ein Ende macht.

Steine, Murren, Felstheile fallen von den Höhen, ebnen den Bergfuss, verflachen die Formen, mindern die Höhe, abgelagerte Schuttmassen erstarren langsam zu Felsen (Nagelfluhe, Thonschiefer, Sandstein &c.) oder es überzieht sie die Vegetation, nur ihre Lage und Form lässt ihre diluviale Entstehung noch errathen, die Metamorphose schafft aus noch unenträthselten Gründen im ewigen Kreislaufe der Stoffwandlungen neue Gesteinsarten. In langen Zeiträumen ändert sich die Physiognomie der Gebirge durch ihre langsame Bewegung, den Ortswechsel der Stoffe und durch die Verwitterung ihrer Oberfläche.

Selbst in der monotonen Gletscherwelt herrscht rege Thätigkeit, es ist die der Abzehrung; winzig erscheint sie uns heute gegen die gewaltigen Ferner der Vorwelt. Aus den Strömen, welche einst über die Abstürze tosten, sind magere Bäche geworden, die sich nur zur Zeit der Schneeschmelze der ehemaligen Herrlichkeit erfreuen.

VIII. Touristischer Theil.

Kriegsende. — Die Schlacht bei Custozza, für welche die Italiener den Jahrestag von Solferino ausgewählt hatten, vernichtete mit Einem Schlage den Glauben an die militärische Tüchtigkeit des neuen Staates, welcher durch die billigen Lorbeeren der letzten Jahre erzeugt worden war und in zwei famosen Phrasen seiner Führer Ausdruck gefunden hatte. So Victor Emanuel, welcher am Morgen des Schlachttages zu seinen Artilleristen am Monte Vento sagte: „Amici, domani mangiemo i paperelli in Verona", und Persano, welcher Angesichts der daher schwimmenden Kaiserlichen Flotte ausrief: „Adesso vengono i pescatori!" Die mit bewunderungswürdiger Schnelligkeit zum Schutze der Reichshauptstadt nach Wien gesandte Südarmee kehrte nach dem Abschlusse des Waffenstillstandes mit Preussen an den Isonzo zurück; ihre Machtstellung und die männliche Erhebung des so oft mit vornehmer Geringschätzung geschmähten Tyrolischen Volkes bewogen den König Italiens, auf die weitere Entscheidung durch die Waffen zu verzichten und sich mit dem zu begnügen, was er ohne eigenes Verdienst wie im Traume erworben hatte.

Reise nach Tyrol. — Der Krieg war zu Ende, in Laibach vertauschte ich das Schwert mit dem Alpenstocke (1. Sept.) und über Marburg, Villach, Lienz, Brixen (der neuen Devotions-Oase der aus Italien geflüchteten Jesuiten), Botzen und Meran reisend stand ich am 9. September Abends in Prad, an der Pforte wilder Bergschluchten des im Abendglühen verklärten Ortlergebirges.

Vertheidigung des Stilfser Joches 1866. — Hier traf ich das 2. Bataillon Kaiserjäger, die eben heimkehrenden Compagnien der Landesschützen und die Armee Liechtenstein's,

---

[1]) Darüber Mohr's Geologie über die Ursachen der Wärme des Erdinneren.

welche das Stilfser Joch gegen einen überlegenen Feind erfolgreich vertheidigt hatten [1]).

Besuch der Schwarzen Wand, 7263 F. Tags darauf wanderte ich das stille Alpenthal hinauf nach Trafoi (1 Stunde vor Gomagoi sieht man sämmtliche Spitzen des Madatschkammes nebst der Geisterspitze, für einen Augenblick auch den Ortler, in Prad wie in Spondini die Naglerspitzen) und von da zur Schwarzen Wand, 7263 F., um mich in dem Gebiete zu orientiren und den Plan für die Arbeit zu entwerfen. Eine Abtheilung Kaiserjäger, welche ein Detachement auf der beschneiten Korspitze unterhielt, bivouaquirte hier. Die Jäger hatten sich wie Maulwürfe in den Boden eingegraben oder elende Steinhütten erbaut, welche sie weder gegen Regen, Schnee noch Sturm schützten, aber sie waren guter Dinge. Zwei Wiener tanzten den heimathlichen Cancan, „um ihn nicht ganz zu vergessen".

Führer Pinggera. — Den 8. und 9. September beschäftigten mich mancherlei Vorarbeiten in Prad. Der wackere Johann Pinggera (mein vorjähriger bewährter Führer) kam aus dem Suldenthale, stellte sich mir zur Verfügung, freute sich herzlich, dass ich bei Custozza unverletzt geblieben. Pinggera hatte sich in seiner ausgezeichneten Eignung als Führer seitdem noch sehr zu seinem Vortheile geändert, wie ich diess bei den folgenden Touren oft bemerkte. Er ist der einzige verlässliche Führer des Ortlergebiets, seine treuherzige Natur leuchtet aus seinen breiten, offenen Zügen, er trägt die regste Sorge für den Reisenden und besitzt eine seltene Orientirungsgabe, welche sich selbst in ihm theilweise noch unbekannten Gegenden bewährte. Eine Eigenthümlichkeit dieses Pfadfinders ist seine Vorliebe für das Eis, keine Schneewand erscheint ihm zu steil, zu glatt, während er den Felsen mit misstrauischer Vorsicht begegnet. Im Übrigen besitzt er offenbar eine überraschende Ähnlichkeit mit Pipin dem Kurzen.

1. Besteigung des Monte Scorluzzo, 9843 W. F.

Den 10. September begannen wir unsere Bergwanderungen, verliessen Prad, stiegen von Trafoi aus zur Franzenshöhe hinauf. Hier übernachteten wir und erfreuten uns der Gastfreundschaft des die Besatzung commandirenden Offiziers; Tags darauf sollte eine der höheren Spitzen des Madatschferners bestiegen werden.

Der 11. September sah düster und nebelgrau durch die schmalen Fenster des alten Posthauses herein, daher wir erst 8½ Uhr aufbrachen, zum Stilfser Joch hinauf stiegen, woselbst wir nach 1¼ Stunde anlangten. Der letzte Österreichische Vorposten befand sich damals in der neuen Casetta. Am Joche stiessen wir auf Italienische Vorposten, eine 30 Mann starke Abtheilung, deren Schildwache auf einem über den schmalen beschneiten Sattel gelegten Brete auf und ab ging. Ich erklärte meinen Stand und Reisezweck, zog ein Empfehlungsschreiben an den Cavalliere Giovanni Morelli, capitano dello stato maggiore della legione dello stelvio hervor, aber der Italienische Soldat sagte nach Empfang einer Virginia, welche er sogleich anzündete: „Oh — vada là, un signor come Ello! Sergente Luigi Bianchi, der Commandant des Postens, führte uns in die Ferdinandshöhe. Die Soldaten vom 45. reggimento di Garibaldi, 45. battaglione, wie sie uns versicherten, tutti galantuomini, umringten uns fragend, scherzend, lärmend, doch mit Italienischer Höflichkeit. Sie erzählten von dem Schneelande da oben, der riesige Caporale Fasolini Andrea, ein Lombarde, welcher früher in einem Kaiserlichen Regimente gedient hatte, nannte die Berge fioi de cani und fügte hinzu: „Un momento più alto e si potria accendere i cigari alla luna."

Inzwischen hatte die Sonne den Nebel verjagt, ich gab dem Drängen Pinggera's nach, die „verstohlenen Kerls" zu verlassen und die Gunst des Wetters für eine kleinere Bergtour zu benutzen. Wir stiegen den platten Felsriegel zum Monte Scorluzzo hinauf, hielten auf einem Vorsprunge, um die Gegend zu detailliren. Ein Soldat, welcher nach S. Maria gesandt worden war, um für mich die Erlaubniss zum weiteren Vordringen im territorio italiano einzuholen, kam zu uns herauf und meldete erst, nachdem ich meine Zeichnung beendet hatte, dass Signor tenente Manasse Giuseppe meine Rückkunft am Joche erwarte. In 20 Minuten stiegen wir den Schneegrat zum kleineren Gipfel des Monte Scorluzzo hin-

---

[1]) Enorm waren die Entbehrungen, mit welchen diese Truppen zu kämpfen hatten. In einem ausgeschaufelten Schneehohlwege marschirend wurde das Stilfser Joch erreicht (Abends improvisirten die Offiziere einigen Engländerinnen, welche das Joch besuchten, einen Ball in der Ferdinandshöhe), allen Einflüssen des rauhesten Hochgebirges preisgegeben stritt die Halbbrigade unter dem Commando des Major Metz Wochen lang glücklich gegen die Italienischen Bataillone, drang ein Mal weit ins Veltlin vor, vertheidigte zur Jochhöhe zurückkehrend die Stellung von Spondalunga und die Strassentunnels gegen den nachfolgenden Feind. Wilder Kriegslärm widerhallte in der stillen Alpenwelt. Eine Kartätschenkugel, welche durch die Lichtöffnung in einen Tunnel eindrang, brachte den Jägern empfindlichen Verlust. Nicht selten beschossen sich die eigenen Abtheilungen, in der Meinung, umgangen zu sein. Ein Cistercienser aus dem Kloster Stams erfüllte im ärgsten Kugelregen seine Pflicht bei den Verwundeten, — ein schlichter, mittelalterlicher Mönch, welcher uns in Prad ein Mal beim Mittagsmahl durch die Bemerkung erheiterte: „Die Mäd'len, gar z' brav san se bei uns, aber die Dragoner, die hab'n wohl g'schadt."

Überall machte sich trotz den rühmlichsten Leistungen der Landesschützen die Nothwendigkeit einer zeitgemässen Reform der Landesvertheidigung fühlbar. Die Ausrüstung der Schützen war mangelhaft, die Ötzthaler Compagnie z. B. hatte noch hölzerne Ladstöcke. Jede Landesschützencompagnie begleiteten Geistliche, deren religiöser Eifer nicht immer am Platze war. Mit der Hinweisung: „Die Leut' haben ja seit gestern wieder g'sündigt", wurde die Beichte wiederholt, geschah des Guten zu viel. Das jedesmalige Ertheilen der Generalabsolution, wenn eine Abtheilung oder auch nur eine Patrouille einem ernsten Augenblick entgegen geht, schwächt die Aufmerksamkeit des Soldaten, vergrössert die Vorstellung von der zu erwartenden Gefahr. Das Bedürfniss der Disciplin existirt auch bei einem Freicorps, es ist derselben abträglich, wenn der Compagnieoffizier zugleich Compagnieschneider ist. Ein solcher flickte am Stilfser Joche den Schützen die Hosen.

auf, um 12 Uhr standen wir auf der höheren geräumigen Spitze desselben.

Die Aussicht vom Monte Scorluzzo ist beschränkt und durch das Hochplateau des Ebenferners, welches den östlichen Vordergrund bildet, ohne malerischen Effekt. Mit Ausnahme des Nashornkammes und der Cristallo-Spitzen sind jedoch alle Berge der westlichen Ortler-Alpen sichtbar. Nach einstündiger Arbeit und Erbauung eines Steinmannes (zur genauen Bestimmung der Örtlichkeit für die Kartenaufnahme) verliessen wir den Berg, 12 Minuten nachher befanden wir uns am Stilfser Joch, woselbst uns nebst Manasse Giuseppe der Capitano Bernardo Calzoni und der Luogotenente Giovanni Patroni erwarteten, — ihre langen Kinnbärte, Gesten und Haltung liessen sie als patrioti eccellenti erkennen. Sie sprachen mit Bewunderung von den cacciatori tirolesi, mit figura porca von Persano. Calzoni, ein Araber vom Äusseren, bot mir einen weingefüllten Lederbecher und sagte mit nationaler Übertreibung: „Adesso vi faro sentire un bicchier de vin del quale non si trova in nessun luogo del mondo." Unser heiteres Gespräch störte Manasse's Erwiderung auf meine Bemerkung, dass zwischen Italien und Österreich von nun an ein freundschaftliches Verhältniss eintreten werde: „Si, ma abbiamo da ricevere ancora qualche cosa." „Vielleicht Rom" entgegnete ich, Manasse aber nannte das Tirolo italiano, welchen taktlosen Fanatismus die Anderen lebhaft missbilligten. Der Einladung, über das neutrale Schweizer Gebiet mit nach S. Maria herabzugehen, zog ich die Rückkehr zur Franzenshöhe vor, woselbst wir um 6 Uhr eintrafen und übernachteten.

2. Besteigung der Tuckettspitze, 10.963 W. F.

Erst um 6½ Uhr (12. September), nachdem sich die Nebel einigermaassen zerstreut hatten, brachen wir zur Besteigung dieses Berges auf. Der geeignetste Weg zur hohen Firnmulde des Madatschferners führt über die unebenen Grashänge des Vorderen Grates. Nach 1¼ Stunde erreichten wir den flachen Schuttkessel am Fusse des Monte Livrio, welcher mit brüchigen Eiswänden herabstürzt, durchquerten denselben am Ende der Eislawine und stiegen darauf geraume Zeit eine hohe, durch einen Bergvorsprung vom Madatschferner getrennte Schneerinne steil hinan. Dadurch wurde die wildeste Partie des Gletschers vermieden und dieser erst in der folgenden, gut gangbaren, Region betreten.

Im Zickzack, welches die Schluchten erforderten, im Anblicke des stolzen Madatschkammes und der äusseren Trafoier Höfe setzten wir unseren Weg fort und überwanden einen mehrere 100 Fuss hohen Terrassenabhang, welcher steil von der Höhe der erwähnten Firnmulde herabzieht. Ans Seil gebunden wanderten wir schräg über denselben und brachen häufig in die Schluchten ein, deren Schneebrücken zufolge der Luftfeuchtigkeit ihre Tragkraft verloren hatten. Am Fusse der durch ihre eigenthümliche Schichtung interessanten mittleren Madatschspitze lagerten wir im Schnee und verzehrten unsere Vorräthe an Speck, Roggenbrod und köstlichem Kalterer Rothwein [1]. Nach ¾ Stunden näherten wir uns dem Gefrierpunkte.

Wir erreichten nach mühsamem Aufsteigen das Firnthälchen östlich der Tuckettspitze, welches dichter Nebel erfüllte und bald diese, bald jene Spitze dem Blicke verbarg, gingen die eintönigen Schneehänge, welche durch ihre schiefe Projektion viel weniger ausgedehnt erschienen, als sie es wirklich waren, aufwärts und benutzten die wenigen wolkenfreien Augenblicke zur Orientirung. Wir bemerkten, dass wir uns links seitlich des Berggrates befanden, welcher sich von der Tuckettspitze scharf gegen Norden herabsenkt, hielten uns daher rechts, betraten den Grat, an dessen steilster Stelle Pinggera einige Stufen hieb, verfolgten dessen scharfe bogenförmige Schneide neben ungeheuren Abgründen und erreichten 11½ Uhr die höchste Spitze (nach 5stündigem Marsche). Dieselbe (3 Q.-Klftrn. Fläche) bildet eine scharfkantige dreiseitige Pyramide. Nur für Momente sahen wir die nächst gelegenen Spitzen, vergeblich warteten wir auf einen ersehnten Windzug aus Norden, die Sonne sah verdüstert und matt durch die Nebelballen. Nach einer halben Stunde fiel uns die Schneenässe an unseren Füssen lästig, wir verliessen den Gipfel, nachdem wir ihn mit einem Steinmanne versehen hatten.

Nach dem Herabsteigen des langen Grates fuhren wir den Berghang herab, trabend gelangten wir kurze Zeit darauf zum Fusse der mittleren Madatschspitze. Jetzt erst klärte sich der Himmel auf, öfter noch als vordem durchbrachen wir die Schluchten während unseres Ganges über die Gletscherfläche. Der schon geschilderte Weg führte uns zur Franzenshöhe; Ankunft 3¾ Uhr nach 9¼stündiger Abwesenheit.

3. Besteigung der Schneeglocke, 10.882 W. F.

Meine Absicht, den folgenden Tag die Geisterspitze zu besteigen, vereitelte eine heftige Augenentzündung, welche ich mir durch die letzte Gletscherwanderung ohne Benutzung einer farbigen Brille zugezogen hatte. Ich ging am 13. September nach S. Gertrud im Suldenthale, die grünen Matten desselben befreiten mich von dem Übel. Am Morgen des nächsten Tages (14. September) kehrte ein Engländer mit den Führern Joseph und Veit Reinstadler [2] vom Ortler zurück. Er

---

[1] Eine bei Bergwanderungen anzuempfehlende stärkende Nahrung. Speck dient gegen Kälte, besonders aber gegen Durst, er befreite mich stets von diesem Übel, über welches sich die Touristen so lebhaft beklagen.

[2] In dessen Hause, dem Gampenhofe, waren im vergangenen Jahre Nachts die berühmten Alpenreisenden Tuckett und Buxton durch eine Pa-

hatte gegen 2½ Uhr das untere Ende des Grates erreicht, die Passirung der langen, zur Spitze emporführenden Schneide hatten die Führer widerrathen. Bei eingetretener Dunkelheit zu den Felsen der Durchfahrt zurückgekehrt sahen sich die Besteiger genöthigt, am Kamme zu übernachten, und verbrannten der Kälte wegen ihre Bergstöcke; im Vidum angelangt sahen sie sämmtlich mürbe gemacht aus.

Nach einem Besuch des Suldenferners kehrte ich mit Pinggera nach Trafoi zurück und übernachtete auf der Franzenshöhe. Früh (15. September) liessen wir uns durch die Anzeichen ungünstigen Wetters verleiten, wieder ins Thal hinabzusteigen (Pinggera kehrte nach Sulden heim), hier angekommen verdross uns die mittlerweile eingetretene Klarheit des Himmels. Nachmittags besuchte ich die Gletscherenden bei den Heiligen drei Brunnen. Am 16. September stieg ich mit Pinggera bei strömendem Regen am Felsufer des Unteren Ortlerferners hinauf und traf daselbst die Vorbereitung zur Messung der Gletscherbewegung. Ein Gleiches geschah am 17. September bei eben so ungünstigem Wetter am Madatschferner. Abends erklärte ich Pinggera in der zur Nachtstation ausgewählten Franzenshöhe die Zeichensprache der Karten, worüber er in der naiven Weise eines Naturmenschen höchst erstaunt war. Am 18. September deckte fusshoher Schnee das Gebirge, im dichtesten Schneegestöber wanderten wir wieder nach Trafoi hinab, gingen nach Gomagoi und zurück nach Trafoi. Endlich am 19. September Nachmittags trat entschieden heiteres Wetter ein, ich besuchte die Schwarze Wand zum zweiten Male, zeichnete hier das Titelbild und erfreute mich während des Herabsteigens eines prächtigen Alpenglühens.

Der 20. September begann mit völliger Klarheit, daher ich die Besteigung der Schneeglocke beschloss. Lieutenant Radinger vom Kaiserjägerregiment, ein rüstiger junger Mann, schloss sich mir an und benutzte den Führer Joh. Thöni. Wir einigten uns, im Val Zebru zu übernachten, Tags darauf den Monte Zebru zu besteigen und über den Unteren Ortlerferner nach Trafoi zurückzukehren.

Um 4¾ Uhr nach beendetem reichlichen Frühstücke (Kaffee, Brod, Butter, Wein nebst unserer gewöhnlichen Eisensuppe, d. i. Fleischbrühe mit acht Eiern) und nachdem der Proviant (5 Pfund Speck, 60 Brode, 6½ Maass Wein) und die Geräthe gepackt worden waren, brachen wir auf. Im Morgengrauen stiegen wir die Stilfser Jochstrasse hinauf, überschritten die „Klamm" — eine enge Thalspalte unterhalb der Cantoniera del Bosco —, das Glurnser Köpfl, den mit Krummholz bewachsenen Steilhang des Madatschberges am

Fusse der Felsen, mit Hülfe einiger Stufen den beeisten Schneefleck daselbst und langten 7¾ Uhr 100 Fuss oberhalb des Trafoier Ferners an der Ostseite des Berges an. Der Gang am Fusse dieses Felskolosses gewährt einige grossartige landschaftliche Momente. Der einsame Bock — wie man eine riesige alte Gemse nennt, welche sich hier aufhält und Morgens zu den klaren Wassern der Balkenquellen herabzusteigen pflegt — flüchtete vor uns her, die erste Gemse, welche ich im Hochgebirge angetroffen habe.

Nicht ohne Mühe durchkletterten wir darauf einige mit grosser Neigung herabführende Felsrisse, wanderten die östliche Bergflanke über Kalktrümmer, welche die Vegetation bereits längst verdrängt hatten, hinan und stiegen dann über eine Stunde am Grate der westlichen, diess Mal schneebedeckten, Seitenmoräne des Gletschers aufwärts, da dessen zersprungene Oberfläche schwieriger gangbar erschien. Auch dieser Weg ist herrlich, denn er führt durch jene gewaltige Felsgasse zwischen dem Madatsch- und Nashornkamme.

Am oberen Ende der Moräne betraten wir den Gletscher, dessen Firndecke durch die letzten Schneefälle ausserordentlich zugenommen hatte. Die Raschheit unseres Fortschreitens wurde durch die Steilheit der hohen Terrassenwellen, durch die stets zunehmende Schneehülle mehr und mehr gehemmt; bald sanken wir bei jedem Tritte knietief ein, welcher Übelstand dem Vorangehenden — abwechselnd Pinggera und ich — doppelt beschwerlich fiel. Die ungeheure Zerrissenheit des Ferners erforderte mehrmals weite Umwege. Um 9¾ Uhr erreichten wir die Gegend der Mittleren Madatschspitze, nördlich von welcher ein auffälliges Schichtenband in schräger Linie den Felskamm hinan steigt und einem gebahnten Wege täuschend ähnlich sieht. Hier rasteten wir ¾ Stunden, lagerten im Schnee, hielten Tafel. Der intensive Lichtreflex des „glasigen Schnee's" durchglühte uns, seine Kälte erstarrte unsere Füsse.

Beim weiteren Ansteigen über die hohen Wellen der Schneewüsten ermattete Thöni zuerst. Pinggera, ein Mann aus Gussstahl, obgleich furchtbar beladen, übernahm daher noch dessen Weinfässchen. Als nun auch Radinger die Grösse der Anstrengung beschwerlich fiel, machten wir Anfangs kleine Rasten, trennten uns jedoch nachher, stiegen ohne Aufenthalt und beständig tiefer einbrechend hinan, überwanden eine Art Eiswand, welche vom Trafoier Joche herab führt, und standen um 11¾ Uhr auf demselben. Nachdem ich einige Skizzen beendet hatte, kamen Radinger und Thöni. Wir verliessen das Joch, überschritten die östlich folgende Flachkuppe, dann eine höhere Einsattelung des hier plateauartig erweiterten Kammes, über welche sich die Schneeglocke steil emporhebt. Mit jedem Schritte wuchs die Neigung des Berges, minderte sich die Schneehülle, so

<hr>

trouille der Kaiserjäger gefangen genommen worden, da man sie für Spione hielt. Man führte sie nach Gomagoi, früh erkannte sie hier der Fortscommandant und liess sie frei.

dass ich vorangehend an den bis 45° geneigten Eishalden eine Anzahl Stufen schlagen musste, was um so nothwendiger war, da wir ohne Seil gingen. Näher dem Gipfel verlor sich die Schroffheit, wir schritten die nach Norden herabziehende, von Trafoi aus sichtbare scharfkantige Firnschneide empor und erreichten 12 ½ Uhr die Spitze, bald darauf auch Radinger und Thöni. Von Trafoi aus hatte man uns unausgesetzt mit dem „Spektiv", wie die Wirthin sagte, beobachtet.

Deutlich erkannten wir die geringere Höhe der Hinteren Madatschspitze. Der Tag war herrlich, die Temperatur 17° Réaumur, die Aussicht entzückend. So sehr die imponirende Masse des Ortler, die stolze Pyramide der Königsspitze, der Cevedale, die enorme Tiefe des Trafoier Wiesenplanes, die fernen blauen Zacken der Apenninen, welche in deutlichen Umrissen über den Confinale-Ast herüber sahen, oder die steilen Hörner der Berner und Bernina-Alpen, die Gletschercomplexe des Tödi und der linken Engadinwand, des Ötzthaler und Stubayer Gebirges unser Interesse in hohem Maasse anregten, wurde die landschaftliche Schönheit dieser Gebirgsabschnitte doch weitaus von der nahen Trafoier Eiswand überboten, welche uns ihre scharfe, hohe Eisschneide zuwandte.

Während ich arbeitete, machte Pinggera äquilibristische Kunststücke, indem er die östliche Fortsetzung des Kammes, welche kaum die Breite der Glocknerschneide besitzt, entlang ging. Radinger überraschte diess so sehr, dass er die Sorge für seinen Bergstock vernachlässigte, und dieser benutzte den unbewachten Augenblick, pfeilschnell die nördlich abfallende Eiswand hinabzugleiten. Einige Fuss südlich des mehrere Q.-Klaftern geräumigen Gipfels treten die ersten Felsen zu Tage. Dort bewahrten wir die unsere Namen enthaltende Flasche.

Um 2 Uhr fuhren wir am Rücken liegend die Westseite der Schneeglocke herab, erneuten diese Fahrt auf der an 40° geneigten Abdachung südlich des Trafoier Joches, daher wir uns schon wenige Minuten nach dem Verlassen des Gipfels 1000 Fuss tiefer befanden. Zunächst gingen wir über die sanft geneigte Firnebene der Vedretta Cristallo, welche sich mit dem Absturze des Hauptkammes scharf schneidet, thalwärts und als Pinggera die Gangbarkeit der tieferen Gletscherregion bezweifelte, über den Passo dei Camuzzi zur Vedretta Zebru.

Wieder brachen wir bei jedem Schritte bis zum Knie in den Schnee ein, die Hitze erreichte ihren Höhepunkt. Auf Thöni's Vorschlag wurde das Fässchen der Trafoier Wirthin, welches er nun wieder tragen sollte, geleert und nachdem die Flaschen neu gefüllt worden waren, bei einem aus dem Gletscher aufragenden Felskegel zurückgelassen. Der Wein that Wunder, in flottem Ansteigen am Fusse

furchtbarer Kalkwände, deren Lichtrückstrahlung uns wahrhaft blendete, erreichten wir den Passo dei Camuzzi, fuhren jenseit tief hinab auf die ebene, durch die Catena Camuzzi beschattete Vedretta Zebru. Die nun folgende schroff abfallende Steinwüste, durchzogen von alten Moränen, lag endlich hinter uns, wir hielten, sahen höchst überrascht 100 Schritt vor uns fünf Gemsen, welche aus einem kleinen Bergsee tranken und uns zufolge des Gegenwindes noch nicht bemerkt hatten. Das Erblicken dieser scheuen Gazellen unserer Alpen gehört zu den interessantesten Erlebnissen einer Bergwanderung. Pinggera ahmte das den Gemsen eigenthümliche Pfeifen nach, sogleich wandten sich die Thiere um und wie auf ein Commando sprangen sie die Blockhalde hinan, wenige Sekunden nachher hielten sie, fern von uns. Der Bock allein beobachtete uns, eben so eilig setzte das Rudel seine Flucht fort, als wir es abermals verscheuchten. Diese Flucht führte' dasselbe zur Catena Camuzzi; ich war im höchsten Grade erstaunt, als ich die flinken Thiere aufenthaltslos die hohen zerrissenen Wände hinaufspringen sah. Schon nach einigen Minuten bemerkten wir sie am Felsgrate, sie blickten zu uns herab, — feine Silhouetten am rothen Abendhimmel.

Über begraste Steilhänge stiegen wir in den Kessel des Val Marmotta nieder, hielten uns auf der sanft abfallenden Berglehne des linken Bachufers und kamen 5 ½ Uhr zur letzten, bereits verlassenen Malga des Val Zebru. Die in der Italienischen Generalstabskarte neben derselben verzeichnete Kapelle existirt nicht mehr.

Wir trockneten unsere schneedurchnässten Kleider, stärkten uns für den kommenden Tag und schliefen auf Bretern.

4. Besteigung des Monte Zebru. Der Ortlerpass, 11.816 W. F.

Bald nach Mitternacht (21. September) versammelten wir uns der Kälte wegen beim Feuer, frühstückten und verliessen 5 ½ Uhr die Malga.

Am linken Bachufer hinansteigend kamen wir 6 ¼ Uhr in die Nähe des Gletschers, rasteten hier ½ Stunde, hielten uns dann an die linke Seitenmoräne, überwanden ein der Vedretta nahes steiles Schneefeld, überragt von brüchigen Eiswänden, und betraten gleich darauf den Ferner selbst.

In der Voraussetzung, der Monte Zebru dürfte von Süden aus ersteigbar sein, wandten wir uns dem ebenen östlichen Gletscherzuflusse zu, erstiegen zur besseren Orientirung sogar die südwestlich der Königsspitze liegende steile Firnkuppe, überzeugten uns jedoch von der Unnahbarkeit dieser Abstürze. Umkehrend wählten wir eine südwestliche Aufstiegslinie, Radinger und Thöni erklärten, den Zebru umgehen und am Ortlerpasse auf unsere Rückkehr warten zu wollen, trennten sich daher von uns, nachdem der Weinvorrath zu unseren Gunsten getheilt worden war.

Ein hoher Schneehang von 40 bis 50° Neigung erforderte die höchste Ausdauer, wir wähnten das Schwerste überstanden zu haben, als er unter uns lag und wilde Felsformen sich über uns erhoben. Nur Pinggera's Misstrauen gegen die „Felzen" schwächte meine Hoffnung. Durch eine enge Spalte, über zerrissene Wände stiegen wir hinan, plötzlich kamen dichte Nebel aus dem Val Zebru herauf, im Nu waren Ortler, Thurwieser Spitze, Königswand &c. verzauberte Dinge. „Na, wohin wollen Sie jetzt gehen bei den Nablen?" fragte Pinggera und fügte hinzu: „Wenn's fein is, geh' ich mit Ihnen, wohin Sie wollen, aber bei so schiechem Wetter kann man sich an einem solchen Ort verfahlen und nicht mehr zurückfinden". Während unserer Irrfahrt in den Felswänden hatte ich es unterlassen, mich nach den ohnediess wenigen Anhaltspunkten zu orientiren, und als Pinggera fortfuhr: „Zeigen's jetzt, wo der Ortler liegt", wies ich in der Richtung der Trafoier Eiswand, und als der Nebel sich eben so rasch verzog, erfuhr Pinggera die glänzendste Genugthuung, denn der Ortler lag genau dort, wohin er gezeigt hatte. Er liess sich aber dennoch herbei, noch ein Stück über Felsen, an scharfen Klippen vorbei, und schroffe Pleissen, welche ihrer Glätte wegen Stufen benöthigten, hinanzusteigen. Unübersteigbare Felsen setzten unserem Vordringen bei 11.200 Fuss ein Ziel. Wir kehrten um. Ein furchtbar steiler Schneeriss zwang Pinggera, eine Zeit lang neue Stufen nach abwärts zu hauen, auf welchen wir herabstiegen, und als sie entbehrlich wurden, fuhr ich bis nahe am Bergfusse herab, indess Pinggera das bei einem Felsvorsprung zurückgelassene Gepäck holte und erst nachher wieder zu mir stiess, als ich eine sehr schlimme Passage am oberen Saume der Eiswand auf der Westseite des Zebru über Glatteis ohne Steigeisen bereits glücklich überstanden hatte.

Da ich mich noch nicht dazu entschliessen konnte, von dem Unternehmen abzustehen, so stiegen wir jetzt neuerdings bergan. Wieder umhüllten uns Nebel, deren örtliche Zertheilung uns bewies, dass wir dem Gipfel noch näher als vorher gekommen waren. Pinggera erklärte sich jetzt entschieden gegen die Fortsetzung der Ersteigung und wies darauf hin, dass es bei der vorgerückten Tageszeit und der bevorstehenden Überschreitung eines ungeheuer klüftereichen, vielleicht auch unpassirbaren Gletschers an der Zeit sei, an den Heimweg zu denken. So sehr ich dieser Ansicht des erfahrenen Mannes jetzt beistimme, so wenig wollte ich mich damals dazu verstehen. Nach einer lebhaften Debatte gab ich endlich nach, ohne diess Mal ein gewisses Sprichwort dadurch zu bewahrheiten. Pinggera fand im dichtesten Nebel den Weg zu dem durch ein hohes Steinmann'l gekennzeichneten Ortlerpass. Verstimmt langten wir dort an, trafen unsere Gefährten starr vor Kälte.

Nach kurzer Rast und nachdem die Wolken sich zertheilt hatten, setzten wir unsere Reise fort, 1 Uhr. Eine hohe Eiswand, welche vom Passe auf den Unteren Ortlerferner herabfällt, wurde mittelst gehauener Stufen schräg hinabgestiegen, die folgenden steilen Gletscherwellen, welche die einzelnen Schneekessel trennen, herabgefahren. Dann aber erneute sich das verhasste Waten im tiefsten Schnee, dessen Erweichung uns die Benutzung des Seiles gebot, um die Schluchten, in welche wir häufig einbrachen, gefahrlos zu überschreiten.

Nachher sahen wir uns durch ein ungeheures Schluchtengewirre fast von den tieferen Regionen des Gletschers abgeschnitten, nach langem Umherirren fanden wir einen Ausweg, nicht durch die Eismassen, sondern über einen Felsvorsprung der Hinteren Wand'ln, — es war ein wahres Kletterkunststück.

Noch oft erfuhren wir die Laune des Ferners in Bezug auf seine Communikationen. Entweder zwang er uns zu weiten Umwegen, zur Rückkehr, zu gewaltigen Sprüngen oder zum Balanciren auf schmalen Eisstegen neben thurmtiefen, finsteren Abgründen.

Wir rasteten $1/2$ Stunde am Ende des Inneren Fernerkopfes, hier war der erste Gletscherbach, welchen wir antrafen und der bei unserem Mahle den schon vertilgten Wein ersetzte. Pinggera trank von dem eiskalten Wasser mehr, als nöthig war, und erhielt davon einen heftigen Katarrh, welcher jede minder abgehärtete Natur umgebracht hätte. Die grossartigste Alpennatur umgab uns, mir nützte dieser Aufenthalt noch besonders dadurch, dass ich die Terrainformen des gegenüberliegenden Schiefergebirges croquiren konnte.

Nach neuen Irrfahrten in dem wilden Chaos der Eisbarrieren kamen wir zur rechten Seitenmoräne, wanderten auf ihrem steil herabfallenden Grate weiter und als die kolossale Felsmauer der Hinteren Wand'ln vom Gletscherufer zurückwich, betraten wir die schroffen Blockhänge am Berg'l.

Für die mühevolle Wanderung des Tages bot diese Blockwüste wahrhaftig keine Erholung, jedem Schritte musste ein Stabilitätsstudium der leicht verrückbaren Trümmer vorausgehen, doch gelangten wir ziemlich rasch vorwärts. Die undurchdringlichen Legföhren unterhalb gestatteten uns erst dort, wo sie dem Walde Platz machen, herabzusteigen. Einen eigentlichen Weg ins Thal herab giebt es nicht, überhaupt nur zwei Stellen, welche den Durchgang zwischen den nun folgenden Felsen gestatten. Selbst Führer pflegen sich hier zu verirren, Pinggera aber steuerte sicher thalwärts. Wir kletterten eine kleine Felsterrasse herab, in steilem Zickzack einem kaum kennbaren Pfade folgend schritten wir unter herrlichen Arven die düsteren prächtigen Waldgründe hinab; um $5 1/2$ Uhr standen wir nach 12stündigem Marsche bei den Heiligen drei Brunnen, — alle Mühe lag hinter uns.

Aus Pietät tranken wir von jeder der drei heiligen Quellen. Da vernahmen wir zu unserer höchsten Überraschung frohen Citherklang, Oberlieutenant Stillebacher, von Doktor N. auf der Flöte begleitet, bewillkommnete uns mit dem „Trafoier Fernermarsch" und einer Arie aus „Trovatore".

Über den primitiven Brückensteg des rauschenden Trafoier Baches, über Matten, durch tiefe Waldschatten kamen wir nach Trafoi, herzlich empfangen vom Hauptmann Nestor, welcher mit zwei Compagnien hier lag und unsere Aufmerksamkeit auf das mit Ungarwein gefüllte Mariand'l (eine 20 Maass enthaltende Flasche) lenkte, welches seit den Schneebivouacs des Stilfser Jochkrieges in hohem Ansehen bei den Offizieren stand und mit einem rothen Bande dekorirt worden war. Wir trafen auch Fremde, eine alte Gräfin, deren Tochter in vollständiger Marschadjustirung dastand, mit Bergstock, einer umgehängten Piemontesischen Feldflasche und aufgezogenem Kleide, worunter die emancipationslustigen Waden keck hervorblickten. Der Abend verging unter heiterem Gespräche, der schlichte Pinggera war der Held desselben, seine Kraft fand besonders den Beifall der Damen. Lieutenant Radinger hatte sich als ausdauernder, muthvoller Bergsteiger, Thöni als mittelmässiger Führer erwiesen.

5. Besteigung der Vorderen Madatschspitze, 9830 W. F.

Am 22. September ging ich in 1 ½ Stunden von Trafoi nach Prad, übernachtete in Gomagoi, kehrte am 23. nach Trafoi zurück, stieg Nachmittags die Felsen am Unteren Ortlerferner hinauf, beobachtete die Statt gefundene Vorrückung der im Eise eingeschlagenen Pflöcke und benutzte das schlechte Wetter am 24. September zur Ausarbeitung des inzwischen aufgenommenen Terrains. Am 25. September verliess ich bei klarem Himmel 7 ¼ Uhr mit Georg Thöni (denn Pinggera kam zu spät) das Trafoier Wirthshaus, um die Vordere Madatschspitze zu besteigen. Thöni, ehemals Führer im Kaiserjägerregiment, war bei der Errichtung des trigonometrischen Signals am Madatsch, der einzig bekannten Besteigung desselben, erwies sich als aufmerksamer Begleiter und ausserordentlich verwegener Bergsteiger, darf also nicht mit dem sehr mittelmässigen Ortlerführer Hans Thöni, seinem Bruder, verwechselt werden.

Nahe unterhalb der Cantoniera del Bosco überschritten wir den Stilfser Jochbach und stiegen am linken Ufer des Madatschferners über Geröllboden aufwärts. Behält man diese Richtung so lange bei, bis man den in ein wildes Chaos aufgelösten Gletscher unter sich hat, und überschreitet man ihn sodann gerade von Westen nach Osten, so gelangt man ohne Hinderniss zum Fusse der Madatschberge. Trotz dieser bereits gemachten Erfahrung stimmte ich Thöni bei, den Gletscher diagonal zu überschreiten, der Vorderen Ma-

datschspitze also in gerader Linie zuzusteuern, denn ich wähnte dem umsichtigen Pinggera damit zu beweisen, dass er seine Wege im Gebirge mit übergrosser Vorsicht zu wählen pflege. Aber ich täuschte mich, 2 ½ Stunden irrten wir mit grossem Zeitverluste in dem zerborstenen Eismeere umher, sprangen über Klüfte, riesige Schluchten erforderten grosse Umwege, es war ein beständiges Suchen, Umhertappen, oft in der Tiefe weiter Spalten, unter gewaltigen, zaubervollen Eisklippen oder auf ihrem schmalen Saume, wobei Thöni beinahe durch ein abbrechendes Eisstück in einen finsteren Schlund gestürzt wäre. Nachdem wir eine Eisbarrière, welche uns den Weg versperrte, nach harter Arbeit durchgeschlagen hatten, fanden wir durch ein flaches Eisgewölbe kriechend mittelst Stufenhauens an einer Wand emporklimmend nach unsäglicher Mühe den Ausweg aus diesem Labyrinth, betraten den Felsfuss des Madatschkegels, leider aber nicht an der gewünschten Stelle [1]).

Die gestörten, verbogenen Dolomitschichten dieses Berges treten bald mit ungemein steilen, glatten Tafeln und Platten heraus, ziehen als schmale Terrassen neben hohen Felswänden hin oder stürzen gerade in die Tiefe (in welchem Falle man sie hier Schnüre oder Bänder nennt); kleine Eisfelder, steil wie Kirchdächer, hängen dazwischen herab.

Zuerst (11 ½ Uhr) überwanden wir einige solcher Platten, stiegen eine Partie zerrissener Felsschnüre empor, liessen uns am Buge einer unendlich verwitterten Schicht fast senkrecht herab, dann krochen wir, einem Felsüberhange ausweichend, am Rande tiefer Abgründe auf einem schmalen Gesimse fort. Wir thaten wohl, weder Strick noch Steigeisen zu benutzen.

Die Stunden lange Anspannung aller Kräfte machte eine Rast und Stärkung erwünscht. Unsere Achtung vor dem Kalterer Seewein, von welchem wir jetzt zwei Flaschen tranken, rechtfertigte nachher das flotte Steigen; mit einem Gefühle der Verachtung erinnerte ich mich daran, dass einige Bergsteiger kalten Thee dem Genusse jedes geistigen Getränkes vorziehen.

Nach ½stündiger, in jeder Beziehung wohl benutzter Ruhe brachen wir wieder auf, stiegen schneebedeckte Eisstreifen mit 50° Neigung unter beständigem Stufenhauen hinan, dann schien eine hohe Felswand unserer Reise ein Ziel zu setzen. Nachdem wir diess grösste Hinderniss des Tages untersucht hatten, gewahrten wir einen an 40 Fuss hohen, kaminartigen, gerade aufsteigenden Riss und erkannten in demselben trotz seiner furchtbaren Steilheit (von ungefähr 60°) die einzige Möglichkeit des Weiterkommens. Verwegen stieg Thöni die schlechte Steige empor, ich folgte dicht hinter ihm; nur der an einigen unebenen Plätzchen haftende Schnee, an welchem wir uns mit den Fingern wie

------

[1]) Betritt man den Berg etwas südlicher, so gelingt die Besteigung unter ungleich geringeren Mühen; die Ersteigung des Ortler ist weit weniger schwierig.

mit Krallen festhielten, schützte gegen die augenscheinliche Gefahr, beim Emporheben eines Fusses zufolge der entsetzlichen Schroffheit rücklings hinabzustürzen. Noch ging es ein Schneedach mit hohem Winkel hinan, dann krochen wir auf einem schmalen Schichtenband in horizontaler Richtung quer über eine Wand, endlich standen wir oben auf der kaum 2 Schuh breiten zerrissenen Felsschneide des Madatschkammes und gleich darauf neben dem 7 Fuss hohen Steinmanne auf der Spitze des Madatschkegels, 2 Uhr, Temperatur — 1° R., Fläche 6 Q.-Klftr.

Wir befanden uns auf der Zinne eines gewaltigen Felsthurmes, eine grossartige Wildniss, schwindelnde Tiefe umgab uns von allen Seiten. Schimmernde Ferner, aus deren zerrissener Hülle riesige Felszüge, graubraune Klippen emporstarrten, lagen tief unterhalb und südwärts die herrlichen Firnspitzen des Hauptkammes. Nördlich sahen die Ötzthaler Gebirge zwischen den schön bewaldeten Thalwänden von Trafoi herein und dieses selbst bildete mit seinen winzigen Hütten und dem von dunkelen Forsten umsäumten Wiesenplane eine freundliche Idylle in einem Abgrunde, 5000 Fuss unter uns. Der Ortler wandte uns die breiteste Seite seines Riesenbaues zu.

Empfindlich kalt war es auf dem frei dastehenden Gipfel, ein heftiger Wind blies von Norden her, länger als eine Stunde oben zu arbeiten, war unausführbar. Unsere Rufe hörte man bis nach Trafoi, Pinggera's Falkenauge sah uns von dort, obgleich wir ihm nicht grösser als Punkte erschienen; auf der Franzenshöhe nahm die Besatzung jede unserer Bewegungen wahr. Eine Flasche verwahrten wir im Steinmanne, um 3 Uhr traten wir den Rückweg an.

Obgleich die grössere Schwierigkeit des Herabsteigens von schroffen Bergen im Vergleiche zum Emporsteigen sprichwörtlich zu sein scheint, habe ich mich doch persönlich stets vom Gegentheile überzeugt, — so auch diess Mal. Ich berufe mich dabei auf das Tyrolische Sprichwort: „Herunter helfen alle Heiligen", mit welchem Thöni das Signal zum Herabsteigen gab.

Behutsam, sicheren Trittes legten wir den schon beschriebenen Weg zurück, im Kamin stemmten wir uns mit den Füssen gegen die seitlichen Wände, da dem zersetzten Gesteine mit aller Vorsicht begegnet werden musste, und liessen uns langsam herab. Auf den schlimmen Platten hielten wir uns etwas gegen Süden, um den Ferner an einer günstigeren Stelle wie vordem zu betreten, nach ihrer Passirung beglückwünschten wir uns freudigst wegen des gelungenen Unternehmens. Eine Cigarre lohnt dann jedes Mal überreich die überstandene Anstrengung. Den Bergstock unter dem Arm schritten wir bequem und sorglos über die schneebedeckten Wellen des Madatschferners. Um 4½ Uhr erreichten wir das linke Fernerufer, fuhren in der bekannten Schneerinne am Fusse des Monte Livrio herab und über Schuttfelder und die Matten des Vorderen Grates gelangten wir zur Franzenshöhe 5½ Uhr, um 6 Uhr nach Trafoi.

6. Besteigung der Geisterspitze (Monte Video), 10.955 W. F.

Den 26. September arbeitete ich des zweifelhaften Wetters wegen in Trafoi, Abends fand das letzte Concert Stillebacher's Statt, denn am 27. früh marschirten die Jäger nach Prad, nachdem sie in Erwartung des nahen Friedensschlusses schon vorher ihre Posten auf der Korspitze, Casetta, der Schwarzen Wand und Franzenshöhe eingezogen hatten.

Um 7¾ Uhr ging ich mit Pinggera von Trafoi zur Franzenshöhe, hier benutzten wir eine ¾stündige Rast, unser Mittagsmahl schon jetzt einzunehmen. Um 9½ Uhr brachen wir auf, die Geister- und Naglerspitzen zu besteigen, um den südwestlichen Theil der Sektion kennen zu lernen.

Über den Vorderen Grat erreichten wir nach 1½ Stunden den Fuss des Ebenferners neben der Signalkuppe. Einige Mühe verursachte das Hinansteigen über das gewölbte Gletscherende. Die folgende ziemlich spaltenfreie Firnfläche legten wir ohne Anwendung des Seiles zurück. Ihre Neigung ist so gering, das Wetter war so sonnig und mild, dass uns das Rauchen nicht belästigte. Wir glaubten den Gebirgskamm, welchem wir uns zugewandt hatten, nur 100 Schritt fern von uns, täuschten uns aber wie immer in ähnlichen Fällen, denn ungeachtet unseres raschen Ganges kamen wir scheinbar nicht von der Stelle. Beständig sahen wir Spondini, viele Mücken und Bienen trafen wir im Schnee (welche der Wind aus den Thälern heraufgeweht hatte), Dohlen (hier Dochten, auch Matscher Hennen genannt) promenirten vor uns her, als wollten sie uns den Weg zeigen, und blickten uns freundlich an, als wir hart neben ihnen vorbei gingen.

Der flache Sattel zwischen dem platten Monte Livrio und dem Naglerkamme wurde überschritten, eine neue Schneewüste, die Vedretta Vitelli, lag vor uns, an ihrem Südende die Geisterspitze, ein in einen schmalen Grat auslaufender Schneebau. Pinggera hatte Etwas von der Art der Kameeltreiber, als er im Anblicke dieser Wüste seine selbstgemachte kleine Flöte herauszog, pfiff und sang: „Und übern Bacher'l is a Hüttal" oder „Dös Dirnd'l g'hört mein". Es waren dieselben Lieder, welche ich schon im vorigen Jahre bei der Ortlerbesteigung und bei allen anderen Touren zu hören bekommen hatte.

Eher, als wir vermuthet, standen wir um Fusse des Berges, legten die Eisen an, stiegen die scharfe beeiste Bahn im Zickzack hinauf, erreichten den 1½ Schuh breiten Grat und demselben in südlicher Richtung folgend um 11¼ Uhr die höchste Spitze, welche durch eine 15 Schritt lange, gleich hohe Schneide gebildet wird.

Der inzwischen eingetretene Wind verursachte die empfindliche Kälte von —8° R. Den Glanzpunkt der Aussicht bildeten die grossartigen Profile der Trafoier Eiswand, der Thurwieser Spitze, des Zebru und der Königsspitze. Die Vordere Madatschspitze lag tief unter uns, — die rauhe Ecke einer rasch abfallenden Felskette. Den Anblick der herrlichen Südalpen verhinderte die Masse des Ortler.

Nach einstündiger höchst beschwerlicher Arbeit trieben wir eine mitgebrachte 5 Fuss lange Signalstange zur genauen Bezeichnung des höchsten Punktes in den Firn ein, fuhren den Hang hinab und liefen über die Vedretta Vitelli zum Fusse des Naglerkammes.

7. Besteigung der Naglerspitzen, 10.305 W. F.

Die mässige Ostabdachung des 500 Schritt langen Naglerkammes hinansteigend betraten wir um 3 Uhr den höheren Gipfel (20 Q.-Klftr. Fläche), verweilten eine halbe Stunde und erbauten einen Steinmann auf demselben. Ein Gleiches geschah auf der kleineren Spitze, welche wir nachher betraten und von welcher wir die Kalkalpen der Zugspitze deutlich wahrnahmen. Um 4¼ Uhr fuhren wir auf dem breiten Schneekamm herab, welcher die Vedretta Scorluzzo vom Ebenferner scheidet. Am aperen Boden des Vitelli-Joches sahen wir eine aus Blöcken erbaute Mauer, welche im diessjährigen Kriege von einer Italienischen Abtheilung zur unbemerkten Beobachtung des Trafoier Thales errichtet worden war. Noch jetzt fesselten uns die Gletscherhörner des Bernina und des Oberen Veltlin durch die Kühnheit ihrer Formen.

Im ununterbrochenen Laufe legten wir den zum Stilfser Joche herabführenden Firnhang zurück, verweilten hier von 4¾ bis 5¼ Uhr und kamen um 6 Uhr zur Franzenshöhe. Der erhabene Lichteffekt des Alpenglühens verklärte das Gebirge.

Wenn die Sonne ihren Tagesbogen endigt, sendet sie nur ihre rothen Strahlen zu uns. Im Hochgebirge nennt man die dadurch entstehende eigenthümliche Beleuchtung das Alpenglühen. Die Intensität desselben steht zur Feuchtigkeit der Atmosphäre im umgekehrten Verhältnisse. Glühend erleuchtet strahlen die aus dunkelen Nadelforsten aufragenden Felsthürme, lebhaftes Roth überzieht die kalten Schneereviere, hellgrüne Matten, zarte Kinder Flora's, träumen von reicher Farbenpracht, phantastisch erleuchtet starren die Klippen der Ferner empor, scharf hebt sich der rosige Firnsaum der Schneegipfel vom dunkeln Abendhimmel ab, die abgewandten Bergseiten mehren den Lichteffekt durch ihre tiefen blaugrauen Schatten. Neigt sich die Sonne zum Rande des Horizonts, so werden die Töne matter, die Berge werfen lange Schatten; in dem Maasse, wie sich diese erweitern, erlischt das warme Roth der Gipfel je nach ihrer Höhe und Stellung, zuletzt haftet es nur noch auf der höchsten Spitze, welche die Morgenlichter zuerst erreichen.

Ist auch dieses verschwunden, so strahlt im höchsten Gebirge noch eine Zeit lang ein mattrothes Zwielicht, dann verklären bleiche kalte Töne die Höhen, düstere Nacht birgt die Thäler, die Lufttemperatur sinkt rasch herab, vereist die Tümpfel und Wasserläufe der Gletscherfläche, den träumenden Bergsee, die vom abthauenden Schnee feuchte Felswand. Dann breitet der stille Glanz des Mondlichtes seinen blassgelben Schein über das winterliche Gebiet, die Landschaft verliert nach und nach die Details der Plastik und Farbe, zuletzt sieht die Bergwelt starr und leblos zu uns herab. Allmählich verstummen die einzelnen Töne des Lebens, der Mensch kehrt in die Hütte heim, aus dem Thale blicken vereinzelte Lichtpunkte herauf, das Geräusch der Raubvögel erstirbt, muntere Gemsen suchen ihr felsiges Asyl auf, der Bär die beschauliche Einsamkeit des Waldes.

Der Weg vom Joch herab gewährte uns den Anblick dieses feierlichen Abschieds der Sonne von den Alpen. Abwärts der Franzenshöhe, wo wir uns ¼ Stunde aufhielten, hemmte die einbrechende Nacht unsere Eile. An schwarzen Baumgerippen, deren dürres Geäst sich gespensterhaft von den bleichen Tönen der Landschaft abzeichnete, vorbei wanderten wir die beinahe unsichtbaren Steige der Abkürzungen herab. Ich drückte Pinggera mein Bedauern aus, nicht in der Franzenshöhe zurückgeblieben zu sein, um hier zu übernachten. Pinggera, welcher allein nach Trafoi herabzusteigen gehabt hätte, um für die Tour des nächsten Tages Lebensmittel zu holen, erschrak förmlich, blieb stehen und sagte ernst: „So Etwas werden Sie nicht thun; — auf der Franzenshöhe übernachten thät' kein Trafoier, nicht um viel Geld." Er erzählte nun, dass vor Zeiten einem Hirten, Juzerli (von Jauchzen, Jodeln) genannt, durch seine Fahrlässigkeit viel Vieh herabgestürzt oder von Bären zerrissen worden sei und dass derselbe nun dazu verdammt sei, jede Nacht in der Franzenshöhe zuzubringen. Hier zwinge er Jedermann, den er allein antreffe, ihn unter beständigem „Juzen" auf die Geisterspitze zu tragen, um daselbst spurlos zu verschwinden. Umsonst bemühte ich mich, Pinggera vom Glauben an Berggeister zu befreien. Um 7 Uhr waren wir in Trafoi.

8. Besteigung der Cristallo-Spitzen, 11.060 W. F.

Die Beständigkeit des klaren Wetters bestimmte mich zu dem Plane, die Cristallo-Spitzen zu besteigen, im Val Zebru zu übernachten, Tags darauf die Zebru-Ersteigung energisch zu erneuern und nach Trafoi zurückzukehren.

Um 5¾ Uhr (28. September), nachdem wir die übliche Eisensuppe zu uns genommen, alle Geräthe und Lebensmittel gepackt hatten, brachen wir auf. Pinggera sagte zu den 7 Maass Wein, welche wir mitnahmen und von welchen ich 2 trug: „Sell hebt schon", aber die Trafoier Wirthin hielt uns eine Strafpredigt, dass wir schon für 3 Gulden

Flaschen auf den Spitzen gelassen hätten, zeigte sich keineswegs durch meine Versicherung, dass dieselben bei den nächsten Besteigungen dieser Berge zurückgebracht werden würden, beruhigt und ermahnte uns, das „Panzele" (Weinfässchen), welches wir am 20. September unverzeihlicher Weise hatten im Schnee liegen lassen, zurückzubringen.

Um 7 Uhr kamen wir zur Franzenshöhe, verliessen sie 7 ¼ Uhr und hielten eine halbe Stunde darauf am Ende des vom Monte Livrio herabziehenden Lawinenferners. Während unseres Mittagsmahles, welches wir zur Erleichterung des Gepäckes schon jetzt einnahmen, beobachteten wir den einsamen Bock vom Madatsch, welcher in dem öden Terrain wenige 100 Schritt fern von uns herumstieg und uns völlig zu ignoriren schien.

Nachdem wir die Höhe der Firnregion erreicht hatten, gingen wir die lange, sanft ansteigende Schneegasse neben strahlenden weissen Bergdomen hinauf. Der Himmel war klar und sonnig, kein Lüftchen regte sich, nur unbeträchtlich brachen wir in die Firnmasse ein, welche inzwischen durch Abschmelzung bedeutend verdünnt worden war. Eile war nicht nöthig, mit der Sorglosigkeit, welche die genaue Gebirgskenntniss veranlasste, durchstreiften wir die schneeigen Plätze, Strassen und Gebäude der beeisten Felsenstadt, blieben oft stehen und debattirten; Pinggera fand es widersinnig, als ich ihm erklärte, dass die Fallgeschwindigkeit eines kleinen Steines jener eines Felsblockes von demselben Gestein gleichkomme. Er vergass ein Mal seinen Stock und als er ihn geholt hatte, entglitt der Hut meiner Hand und rollte einen abschüssigen Hang weit hinab, ich lief ihm nach und holte ihn endlich ein; tiefer in den Schnee einbrechend hätte ich mich dabei beinahe überschlagen.

So gelangten wir an das hintere Ende des Gletschers. Pinggera hieb eine Anzahl Stufen in die vom Madatschjoche herabführende Eiswand, um 12 Uhr standen wir oben, erstiegen den Steilhang des Cristallo-Kammes und erreichten über den schneidigen Grat desselben die höchste Spitze (1 ½ Fuss breite, 7 Schritt lange Schneide).

Sogleich constatirten wir, dass die südöstlichste der drei Cristallo-Spitzen nur unbeträchtlich unter dem Niveau des eigenen Standpunktes lag. Wieder waren es die grossartigen Profile der östlichen Hochspitzen des Centralkammes, welche den Glanzpunkt der Aussicht bildeten, diess Mal auch der Anblick jener furchtbaren Felsabstürze, welche vom Cristallo-Kamme, der Geisterspitze und der Hohen Schneide in das Val Zebru hinabreichen, und der Thalkessel von Bormio mit dem Städtchen. Pinggera band sein rothes Sacktuch an den mitgebrachten Pfahl, welchen wir auf der höchsten Spitze einrammten.

Inzwischen hatte sich ein scharfer Wind erhoben, flüchtige Nebel folgten, der plötzliche Temperaturwechsel (—5° R.)

stimmte unsere Hoffnungen für den nächsten Tag sehr herab. Pinggera beantragte die Rückkehr nach Trafoi, worauf ich jedoch nicht einging. Auf dem Rückwege, welchen wir um 1 Uhr antraten, bestiegen wir auch den kleinsten der Cristallo-Gipfel, 7 Minuten nach dem Verlassen desselben standen wir am Madatschjoch, darauf durchschritten wir die Firnregion der Vedretta Cristallo, fanden das „Panzele" der Trafoier Wirthin im Schnee, welches Pinggera mitnahm, passirten 2 ¼ Uhr das Gamsjoch und kamen 4 ½ Uhr in der letzten Malga des Val Zebru an.

Als es dunkel geworden war, sassen wir beim Feuer in der Hütte. „Chi c'è qua in casa?" hörten wir plötzlich draussen rufen. „Amici!" erwiderte ich, worauf ein alter graubärtiger Jäger mit einem in der Falle getödteten Murmelthiere hereintrat. Dieser erzählte von der Ergiebigkeit der Gemsenjagd im Zebru-Thale, seitdem sich diese Thiere zufolge des Kriegslärmes vom Stilfser Joche hierher geflüchtet hätten, von der Schlauheit der Murmelthiere, wobei er öfters ausrief: „Oh, i se biricchini quei montanelli" (Dialekt, eigentlich marmotti), von seiner Besteigung des Piccal di Salina, sprach die Hoffnung aus, dass das Gebiet von Bormio beim Friedensschluss an Österreich fallen dürfte, was die Wiederherstellung des Verkehres auf der Stilfser Jochstrasse zur Folge haben würde, und nannte unsere aus Wasser, Speck und Brod gekochte Suppe, zu welcher er das Salz lieferte, ein „manjal alla bona". Wieder schliefen wir auf Bretern neben dem Feuer.

9. Besteigung des Monte Zebru. 11.816 W. F., das Hochjoch.

Morgens (29. September) frühstückten wir dieselbe Specksuppe, verliessen 5 ½ Uhr bei gutem Wetter die Malga, eben als der alte Italiener eine Anzahl Erdäpfel in ein Glied neben dem Feuer aufstellte. Indem wir Anfangs genau der am 21. September gewählten Route folgten, gelangten wir zum südlichen Fusse des Monte Zebru und ziemlich der Thallinie des Gletschers folgend, oft scharf ansteigend zur Höhe des Ortlerpasses (8 ½ Uhr), in dessen Nähe Pinggera das entbehrliche Gepäck zurückliess, da wir den Rückweg nach Trafoi beabsichtigten. Die sanften Firnwellen bis zum Hochjoch legten wir in ¾ Stunden zurück — hier blickten wir in die schauerliche Tiefe des von einer gewaltigen Schneemauer umringten Suldner Gletscherkessels. Sogleich änderte ich meinen Entschluss und erklärte, nach Besteigung des Berges über diesen Abgrund und das Suldenthal nach Trafoi zurückkehren zu wollen. Pinggera rieth wegen der enormen Steilheit der vom Hochjoche herabfallenden Schneewand davon ab.

In südöstlicher Richtung wandten wir uns nun dem Monte Zebru zu, dessen schimmernder Bergdom uns noch 1000 Fuss überragte. Mit dem Grade unseres Fortschreitens mehrte sich die Neigung der von ihm herabziehenden Eishalden, sie mochte an den steilsten Stellen 40°. betragen. Pinggera machte mit seiner gewohnten Raschheit eine Eistreppe im Zickzack fertig, als jedoch die Axt seiner Hand entglitt und pfeilschnell zum Hochjoch hinabfuhr, mussten wir uns auch ohne Stufen zurecht finden. Indem wir bei jedem Tritte die Steigeisen so kräftig als möglich in das spröde Eis stiessen, erreichten wir, begünstigt durch die sich vermindernde Steilheit, die schuhbreite Firnschneide, welche den westlichen Zebru-Gipfel mit dem nächsten (höchsten) verbindet, stiegen auf ihr empor und standen 10 Minuten vor 10 Uhr auf der höchsten Spitze (6 Schritt lange, bis 4 Fuss verflachte Firnschneide). Wir hatten seit unserem Aufbruche aus dem Val Zebru auch nicht einen Augenblick gerastet, sondern wie immer nach Art der Älpler das „Zeitlassen" vorgezogen.

Der Himmel war völlig klar (+ 7° R.), aber ein Nebelmeer mit vollkommen gleichmässigem Niveau deckte die Bergmassen bis ungefähr 11.000 Fuss Höhe, daher nur die ausgezeichnetsten Spitzen der Ost- und Central-Alpen (darunter jene der Finsteraarhorn- und Monte Rosa-Gruppen) daraus hervorragten, — ein seltsamer Anblick, welchen ich diess Mal jenem einer umfassenden Fernsicht gleichstellte, um so mehr, als die Ortlergruppe unverhüllt war. Der Aussichtskreis war ungeachtet der Massendeckung gegen Osten und Norden ein enormer. Sieht man von den Unebenheiten der Erdoberfläche ab, so findet man für den Gesichtskreis folgender Höhen nachstehende Werthe, wobei die Kugelform der Erde in Rechnung gebracht wurde. Der beigesetzte Winkel entspricht dem sphärischen Durchmesser des Gesichtskreises.

Höhe des Standpunktes	Sphärischer Halbmesser.	Winkel des sphärischen Durchmessers.			Flächenraum des Kugelabschnittes in Q.-Mln.
bei 6.000 F.	20,74	2°	44′	24″	1350,048
„ 8.000 „	23,94	3°	11′	24″	1809,384
„ 10.000 „	26,76	3°	33′	59″	2249,692
„ 12.000 „	29,32	3°	54′	24″	2700,715
„ 14.000 „	31,66	4°	13′	10″	3305, 45
„ 16.000 „	33,85	4°	30′	39″	3599,716
„ 18.000 „	35,90	4°	47′	2″	4048,925
„ 20.000 „	37,84	5°	2′	35″	4498,550
„ 28.000 „	44,77	5°	57′	56″	6296,875

Die grossartigste Wildheit des Alpengebirges umgab uns, nahe und furchtbar standen die Königsspitze und das stolze Horn der Thurwieser Spitze da, von ungeheurer Steilheit erwiesen sich die uns zugewandten Abhänge des Ortler und dennoch erklärte Pinggera die Ersteigung desselben von dieser Seite aus für möglich.

Eine Stunde lang beschäftigten mich die Kartenzeichnung und landschaftliche Skizzen, um 10³⁄₄ Uhr verliessen wir den Gipfel, nachdem wir die unsere Namen enthaltende Flasche oben zurückgelassen hatten.

Während des Herabsteigens stimmte auch Pinggera für den Rückweg über das noch nie passirte Hochjoch, in so fern sich demselben nicht unüberwindliche Hindernisse entgegen stellen würden.

Zehn Minuten nach 11 Uhr befanden wir uns wieder am Hochjoche. Wir täuschten uns keineswegs über die zu erwartenden Gefahren (denn der Neigungswinkel dieser kolossalen Schneewand schwankt im oberen Theile zwischen circa 50 und 55°, im unteren Theile zwischen 35 und 50°) und eben so wenig über die Unmöglichkeit des Herabsteigens ohne zureichende Schneehülle.

Wir banden uns an das Seil, ich ging voraus, Pinggera folgte mir erst nach erreichter Stricklänge. Dieses erste Stück der grössten Steilheit hatten wir mit möglichster Vorsicht zurückgelegt und hielten das Weiterkommen für möglich, daher Pinggera wieder hinaufstieg, um das am Ortlerpass zurückgelassene Gepäck zu holen. Ich setzte mich in eine erweiterte Schneestufe und stiess die Füsse und den Bergstock zur Erhöhung meiner Sicherheit in den Schneehang hinein. Unmittelbar unter mir blickte ich in einen 1500 Fuss tiefen Abgrund. Vergeblich versuchte ich es, die Fläche der Abdachung wahrzunehmen, denn bei der ungeheueren Schroffheit derselben lag mein Auge noch in ihrer Ebene, es war mithin eine vollkommene Schwindelprobe. Über mir erhoben sich die wilden Zacken des Gebirges, überall Fels und Eis.

Nach einer halben Stunde äusserten sich der Mangel an Bewegung und die Kälte in meinem Schneesitze durch beginnende Erstarrung der Füsse und durch Schlafsucht, gegen welche mich nur die Besorgniss hinabzustürzen schützte. Meine Rufe nach Pinggera beantworteten die Berge in 14fachem Echo und dieser selbst erst nach einer Stunde, welche mir diess Mal wie ein Jahrhundert vorkam. Pinggera, vom oberen Saume der Schneewand herabsteigend, schien von einem Kirchdache herabzukommen.

Um brüchigen, schneelosen Eisstreifen, welche nun folgten, auszuweichen, hielten wir uns beim weiteren Herabsteigen etwas links, wodurch die Schwierigkeiten noch vermehrt wurden. Die Steigeisen blieben unbenutzt. Vor jedem Tritte rammten wir den Bergstock erst tief in den Schnee ein, gestützt auf denselben machten wir wegen des erweichten Schnee's, welcher uns nöthigte, jeden Tritt erst sorgfältig festzutreten, so kleine Schritte, dass wir kaum von der Stelle kamen. Stets nach erreichter Stricklänge stieg Pinggera zu mir herab. Als sich die Schneehülle eine Strecke weit beträchtlich verminderte, besorgte ich, Pinggera möchte unter der Last des Gepäckes ausgleiten, und rieth ihm daher, nöthigenfalls Alles mit Ausnahme meiner Mappe wegzuwerfen, er aber entledigte sich nur des „Panz'ls" und der Axt. Das Fässchen sprang in tollen Sätzen die jähe

Bahn hinab, fiel neben Felsen auf und kam endlich auf der Ebene des Suldenferners zur Ruhe. Wie beneideten wir es um die erreichte Tiefe! Unverdrossen setzten wir unsere Reise fort. Wegen der Grösse der Anstrengung, welche mir, dem Vorausgehenden, besonders zufiel, bat ich Pinggera, mich abzulösen, er aber bemerkte, zur grösseren Sicherheit rückwärts bleiben zu müssen. Endlich nahm die Neigung ab, wir schritten gleichzeitig weiter, zwischen Felsen in einer hohen Schneerinne herab, deponirten unter einem Vorsprunge eine Weinflasche, deren Inhalt uns neu belebt hatte, und standen 1³/₄ Uhr nach Passirung einer grossen Randkluft im Kessel des Suldenferners. Das Panz'l war noch ganz und wurde mitgenommen.

Über terrassenförmige Gletscherwölbungen kamen wir 2¹/₂ Uhr zum südlichsten Ende des Hinteren Grates. Der Aufenthalt hier, welcher bis 3¹/₄ Uhr währte, gab mir Gelegenheit, die nördlichen Abhänge der Königsspitze und des Monte Zebru eingehender zu detailliren, als diess im vergangenen Jahre möglich war.

Jeder Bergsteiger kennt das behagliche Gefühl der Ruhe und die eigenthümliche Gemüthsstimmung, welche die Erinnerung an eine eben überstandene grosse Gefahr begleitet. Wir schätzten diese Augenblicke, als wir auf der Fläche eines riesigen Kalkblockes lagernd Tafel hielten, Angesichts der furchtbaren Eisschneide, über welche wir im vergangenen Jahre zur Königsspitze hinauf balancirt waren.

Den wohlbekannten Weg am Ostabhange des Hinteren Grates herabschreitend kamen wir 4¹/₂ Uhr zum Gampenhof, — hier traf Pinggera seine Geliebte, mit Einführen von Heu beschäftigt. Dieser Zwischenfall vereitelte meine Absicht, heute noch nach Trafoi zurückzukehren[1]), es war ein Akt christlicher Nächstenliebe, Pinggera eine halbe Stunde für die dolcissima relazione mit dem hübschen Dirnd'l zu bewilligen.

Der vortreffliche Wein des Kuraten Eller in S. Gertrud entschädigte uns für die Entbehrungen der letzten zwei Tage. Um 6¹/₂ Uhr verliessen wir das Vidum, um 7¹/₄ Uhr kamen wir zu Pinggera's Wohnung, dem Oberthurnhofe; bei völliger Finsterniss stieg ich den schmalen, unsichtbaren Saumpfad oberhalb des tobenden Wildbaches herab, um 8 Uhr war ich in Gomagoi und folgte der gastfreundlichen Einladung der Offiziere, hier zu übernachten.

10. Besteigung der Mittleren Madatschspitze, 10.462 W. F.

Am 30. September Nachmittags kehrte ich nach Trafoi zurück, den 1. Oktober bestimmte ich für die Besteigung der Mittleren Madatschspitze und bereitwillig ging ich auf die Bitte Florian Ortler's, eines Sohnes der Wirthin, ein,

[1]) Daselbst die Wallfahrt nach den Heiligen drei Brunnen.

sich bei dieser Unternehmung betheiligen zu dürfen, denn es lag in meinem Interesse, die Trafoier mit den neuen Benennungen und der Gliederung des Gebirges bekannt zu machen.

Um 7¹/₂ Uhr Morgens verliessen wir (da Pinggera wieder zu spät kam) mit Georg Thöni, welcher mit mir die Vordere Madatschspitze bestiegen hatte, Trafoi und rasteten 1 Stunde bei der Franzenshöhe, welche Gelegenheit ich zur Vornahme einiger Höhenmessungen benutzte.

Die Schneerinne am Fusse des Monte Livrio verursachte ihrer Steilheit wegen einiges Bedenken bei Florian Ortler welcher noch nie vorher einen Gletscher betreten hatte, doch zeigte er sich nachher sehr beherzt. Ans Seil gebunden durchquerten wir die Firnregion des Madatschferners und standen um 12 Uhr am Fusse der Mittleren Madatschspitze. Eine halbstündige Rast verwandten wir zur Mahlzeit, dann entfernten wir das Seil.

Thöni übernahm die unmittelbare Führung Ortler's, während ich voransteigend die Stufen in den von der Spitze herabführenden hohen Steilhang hieb. Ortler kam das Balanciren in den schmalen Eissteigen recht „ungemüthlich" vor und er athmete erst wieder frei auf, als wir in den Bereich einer soliden Schneedecke kamen, wo die Stufen entbehrlich wurden. Den unter hohem Winkel ansteigenden Schneehang überwanden wir in kurzen Zickzacken, um 1³/₄ Uhr erreichten wir die geräumige höchste Spitze, deren Abfall gegen den Trafoier Ferner enorm schroff ist.

Der Himmel war ziemlich wolkenfrei, aber ein heftiger Nordwind, welcher die Temperatur von — 4° R. erzeugte, erschwerte die 2¹/₄stündige Arbeit auf dem Gipfel unendlich. Während derselben pflanzten Ortler und Thöni die mitgebrachte Fahne auf.

Die Aussicht beschränkte sich bezüglich der Ortlergruppe auf den Trafoier Abschnitt, gewährte jedoch auch den Anblick eines grossen Theiles der Central- und Ost-Alpen.

Um 4 Uhr verliessen wir die Spitze. Vorangehend folgte ich unseren Fussspuren, die schroffen Hänge fuhren wir am Rücken liegend herab. Im unteren Theile des Berges hatte inzwischen die Schneedecke durch die eingetretene Erweichung und Abschmelzung ihre Tragkraft gänzlich verloren, ich hieb daher in schräger Linie eine Anzahl neuer Stufen nach abwärts. Bei den Vormittags gemachten Stufen angelangt glaubte ich dieser beschwerlichen Arbeit überhoben zu sein, leider aber hatte die Sonne dieselben fast unkennbar gemacht, den Schnee gänzlich entfernt, sie hätten deshalb erneut werden müssen, was mit Zeitverlust und für Ortler, welcher dicht hinter mir jeden Moment auszugleiten drohte, mit Gefahr verbunden war, daher wir es vorzogen, umzukehren, zurückzusteigen, und näher den Felsen im tieferen Schnee einen anderen Weg hinab ausmittelten.

Um 4³/₄ Uhr standen wir am Fusse des Berges, um 6³/₄ Uhr in Trafoi.

11. Besteigung der Hochleitenspitze, 8835 W. F.

Tags darauf (2. Oktober) brach ich mit Pinggera um 6 Uhr von Trafoi auf, um die Hochleitenspitze zu besteigen; wir setzten über den Wildbach auf der nahen Brücke, stiegen den schlechten Pfad der schroffen rechten Thalwand hinauf und durch einen Spalt, den einzigen Durchgang in der dortigen langen Felsterrasse, gelangten wir in das Tabaretta-Thal. Neben einem vor einigen Decennien durch eine Lawine umgeworfenen Nadelwald hinaufschreitend erreichten wir die Tabaretta-Alm, eine elende Hütte. Nach einstündiger Rast und Arbeit stiegen wir die gebrochenen Grashänge empor, durch die verwitterte Tabaretta-Scharte, welche den vom Bärenkopf abfallenden Felszug durchbricht, das öde Trümmerthal hinan zum Hochleitenjoch und dann steil im Dolomitschutt hinansteigend erreichten wir 10¹/₂ Uhr die Hochleitenspitze.

Die Aussicht von derselben ist ungemein grossartig, beherrscht drei Thäler und ist weit dankbarer als jene der meisten, obgleich viel höheren, Spitzen der Umgebung. Die Stilfser Jochstrasse übersieht man in ihrer ganzen Ausdehnung, nirgends ist die Gestalt des Madatsch so imposant wie von diesem Standpunkt aus, der Ortler fesselt durch seine Nähe, der Cevedale durch die Eleganz seines Baues. Desgleichen bieten die Ötzthaler und Stubayer Berge, die Laaser Fernergruppe, das obere Vintschgau mit Mals und den Etschsee'n sehr anziehende Punkte.

Die Hochleitenspitze besitzt eine längliche (bei 20 Q.-Klft.) Gipfelfläche. Die vollkommene Windstille, Luftwärme (+ 11° R.) und die strahlende Reinheit des Tages — Annehmlichkeiten, welche wir bei den meisten Touren hatten entbehren müssen — förderten eben so rasch die Arbeit, als sie den Aufenthalt auf dem Berge zu einem ausserordentlich genussreichen machten.

Nach 6stündiger Beschäftigung hatte ich meinen Durst nach Höhen- und Tiefenwinkeln, Höhenschichten, Terrainformen &c. befriedigt, Pinggera unzählige Male sein Lieblingslied: „Dös Dirnd'l g'hört mein", wiederholt und um 4¹/₄ Uhr verliessen wir nach Hinterlassung einer Flasche in dem 7 Fuss hohen Steinmanne (trigonometrisches Signal) den Gipfel. Pinggera machte, um mein Vormittags verlorenes Federmesser wiederzusuchen, den früheren Weg zurück, während ich im Hochleitenthal über Schutthänge herablief und um 5³/₄ Uhr in Trafoi ankam.

12. Besteigung des Grossen Eiskog'l, 11.327 W. F.

Der 3. Oktober brachte Regen, den 4. Oktober arbeitete ich bei der Cantoniera del Bosco, am 5. ging ich nach Prad

und zurück nach Trafoi. Am 6. Oktober verliess ich mit Pinggera um 5¹/₂ Uhr früh Trafoi, um die Thurwieser Spitze oder den Grossen Eiskog'l zu besteigen. Die kurze Tageslänge war grösseren Unternehmungen bereits entschieden ungünstig. Als wir bei den Heiligen drei Brunnen ankamen, graute erst der Morgen. Wir stiegen die schroffen Felshänge zwischen dem Trafoier und Unteren Ortlerferner hinauf, beobachteten die seit dem 16. September Statt gefundene Vorrückung des letzteren und verfolgten darauf einen Schuttriss, welcher zu einer von Wänden gebildeten Sackgasse emporführte. Der Ausweg aus dieser Felsenschlucht schien zweifelhaft, denn Pinggera hatte den Aufstieg bereits an mehreren Stellen vergeblich versucht, als er mit Zurücklassung des Gepäckes verschwand und nach ¹/₄ Stunde am oberen Felssaume des Spaltes zum Vorschein kam. Mittelst des herabgelassenen Strickes zog Pinggera jetzt das Gepäck hinauf und dann mich selbst, wobei ich nach seiner Instruktion in horizontaler Lage schwebend die Wand hinauf schritt. Pinggera stand hinter einem Felsriegel eingeklemmt, sein Gesicht war durch den zufolge der Anstrengung verursachten Blutzudrang violett gefärbt, als er diess bewerkstelligte.

Wir befanden uns jetzt in dem öden Felsterrain zwischen beiden Gletschern, deren vieltausendjährige Arbeit die rauhen Ecken und Risse in abgeschliffene Kämme und Furchen umgewandelt hatte. Über diese Felsmulden und Rippen und oft mit grosser Steilheit emporsteigend betraten wir die mit Alpenrosen, Legföhren und alpinem Strauchwerk bewachsene Vegetations-Insel des Felsgart'ls und nach Durchschreitung dieses nur Gemsen dienlichen Gärtchens den scharfen Grat einer hohen, vom Unteren Ortlerferner abgesetzten Moräne. Die landschaftliche Schönheit dieser Strecke mit dem Rückblicke nach Trafoi ist ausserordentlich und dieser Weg bei gleichartigen Touren jenem über das Berg'l unbedingt vorzuziehen.

Erst bei 7500 Fuss betraten wir den Unteren Ortlerferner, dessen Wildheit erst in dieser Höhe etwas gesänftigt wird, und indem wir die an der Einmündung seines grossen westlichen Zuflusses gebildete Rinne[1] verfolgten — auf deren Sohle die Gletscherbäche lärmend und trommelnd in cylindrische Schlünde versanken oder als muntere Springquellen zu Tage traten —, gelangten wir ohne Aufenthalt und ohne Anwendung der Steigeisen weiter; um 9³/₄ Uhr hielten wir in der Tiefe neben dem Inneren Fernerkopfe die erste Rast.

Nach Beendigung unserer 1¹/₄stündigen Mahlzeit trat auch Pinggera meiner Ansicht bei, über den Kleinen Eiskog'l — und nicht über den Ortlerpass, wie er vorge-

---

[1] Diese Rinne bildet die beste Communikation des Gletschers, war aber am 21. September noch verschneit und von dem von uns gewählten Wege aus unerreichbar.

schlagen hatte — zum Grossen Eiskog'l hinaufzusteigen. Wir schritten über das Gletscherfeld und bei beständig zunehmender Schneetiefe den vom Inneren Fernerkopf herabführenden Firnhang hinan. Ermüdet durch die Monotonie dieser Strecke betrachteten wir den langen, wenn gleich schmalen Schneegrat dieses Astes, welchen wir nun verfolgten, als eine willkommene Abwechselung. Um 1 Uhr erreichten wir den Grossen Eiskog'l, dessen höchste Stelle durch einen Steinmann bezeichnet wurde. Temperatur + 6° R.

Der Tag war dem Unternehmen äusserst günstig, die vorgerückte Stunde gestattete uns jedoch nicht, dasselbe auf die Besteigung der Thurwieser Spitze auszudehnen, um so weniger, als die Überwindung ihrer ausserordentlich schroffen, mit einer dünnen Schneelage überdeckten Abhänge mit grossem Zeitaufwand verbunden gewesen wäre. Die kurze Tageslänge des Herbstes und die in dieser Jahreszeit gewöhnliche unzureichende Schneebedeckung des hohen Alpengebirges erschweren solche Wanderungen ungleich mehr, als diess im Juli und August der Fall ist.

Die majestätische Thurwieser Spitze, der Monte Zebru und die Königsspitze bildeten für unseren Standpunkt die hervorragendsten Gegenstände der Aussicht. Die höchste Spitze des Ortler deckte der südliche Nebengipfel desselben und die Königsspitze den kleinen und mittleren der Cevedale-Gipfel.

Um 2 Uhr, als wir die Rückreise antreten wollten, bemerkten wir erst, dass die zur Deponirung im Steinmanne bestimmte Flasche noch mit Wein gefüllt war, und da Pinggera sich zu trinken weigerte, leerte ich sie allein. Augenblicklich gewann Pinggera die betrübende Überzeugung, dass die besondere Heiterkeit, welche sich meiner bemächtigte, mit der Passirung der mehrere 100 Schritt langen Schneide nicht im Einklange war, eine Ansicht, welcher ich erst dann beitrat, als ich in Folge meines sorglosen Ganges auf der Schneide plötzlich ausglitt und den Hang hinabfuhr. Pinggera, welcher diess vorausgesehen und mich an das Seil gebunden hatte, bewahrte mich dadurch vor der augenscheinlichen Gefahr, auf den Unteren Ortlerferner hinabzustürzen. Seine Ausrufe: „Da haben Sie's jetzt", „So Etwas zu erleben" u. s. f., — waren für mich viel wirksamere Aufforderungen, jene Heiterkeit zu unterdrücken, als der Ernst der Situation. Bei der Glätte des Steilhanges kostete es mich einige Mühe, mich aufzurichten und zu dem Grate zurückzusteigen. Ohne weitere Störung stiegen wir zur Ebene des Unteren Ortlerferners herab, Pinggera, von der Sorge befreit, athmete erst hier wieder frei auf und constatirte diess, indem er sagte: „Ihr Gesicht ist nicht mehr blau, jetzt sind wir sicher."

Nach Herabschreitung der Gletscherrinne wandten wir uns dem „Berg'l" zu, verfolgten somit den Weg vom 21. September und kamen um 6 Uhr zu den Heiligen drei Brunnen, 20 Minuten später nach Trafoi.

13. Besteigung der Kor- und Röthlspitze, 9262 und 9565 W. F.

Am 7. Oktober ging ich nach Prad und zurück nach Trafoi, am 8. Oktober unternahm ich die letzte Bergwanderung, die Besteigung der Kor- und Röthlspitze.

Um 4½ Uhr früh stieg ich mit Pinggera die waldige Berglehne westlich von Trafoi hinan und über den schon bereiften Wiesenplan der Tartscher Alm den hart gefrorenen Steig aufwärts zur Schwarzen Wand. Von hier aus verfolgten wir ohne Aufenthalt den gewölbten Kamm des von der Korspitze herabkommenden Ausläufers und erreichten diese Spitze (eine 40 Schritt lange, 15 Schritt breite Kuppe) schon um 7¾ Uhr.

Die geringe Mühe ihrer Besteigung lohnt der grossartige Anblick der Ortler-Alpen und der Schweizer Berge überreich. Da die Temperatur bei unserer Ankunft auf dem Gipfel — 3° R. betrug, so machte Pinggera Feuer, zu welchem die von den Jägern im letzten Kriege erbaute Hütte das Holz lieferte; unmittelbar daneben stellte ich mein Instrument auf und arbeitete 5½ Stunden lang, indess Pinggera, welcher vor dem Wind geschützt hinter einem Steinblocke sass, abwechselnd sang oder auf seiner aus einem Fichtenaste selbstgefertigten Klarinette blies. Als die Kälte nachgelassen, fanden wir unsere Lage recht behaglich, wozu der reichlich vorhandene Kalterer Seewein, Speck, Salami, Brod und Cigarren das Ihrige beitrugen.

Pinggerra wurde die Zeit endlich doch etwas zu lang, er bat mich um einen einstündigen Urlaub in die Schweiz und stieg zu dem „See'le" des obersten Val Costainas hinab.

Um 1¼ Uhr verliessen wir den Gipfel, gingen am Gebirgskamme fort, stiegen einen kleinen Hochferner hinan und betraten die Röthlspitze um 1¾ Uhr, welche, wie bereits erwähnt, der Schweiz angehört. Eben, als wir oben anlangten, schoss ein riesiger Adler aus den spaltenreichen Felswänden der Südseite des Berges empor und über unsere Köpfe fort. Die Röthlspitze, ein 4 Schritt breiter Felsgrat, liegt für den Anblick der Trafoier Berge nicht mehr so günstig wie die Korspitze, doch gestattet ihr erweiterter Gesichtskreis die Aussicht auf die Hohen Tauern mit dem Glockner (in der Richtung über das Nordende des Ortlerkammes) und auf die Königsspitze, den interessantesten Gipfel der Österreichischen Alpen.

Nach 1½stündigem Aufenthalte gingen wir über den Breitkamm — dessen aus Blöcken zusammengefügte Mauer von unseren Vorposten in den letzten drei Kriegen mit Italien nach und nach errichtet wurde —, erreichten 4¼ Uhr das Stilfser Joch, verliessen es 5¼ Uhr und um 6¾

Uhr hielten wir unseren letzten Einzug in Trafoi, welchen Pinggera diess Mal durch Musik verherrlichte.

Am folgenden Tage (9. Oktober) prüfte ich bei der Cantoniera del Bosco die bereits fertige Karte und am 10. Oktober verliess ich das Thal, nachdem mein Reisezweck erreicht war. Zeitig früh kam Pinggera von Sulden im Sonntagsanzug, ein „Sträussle" am Hut, die vortreffliche Wirthin, Barbara Ortler, hielt es für ihre Pflicht, ihrer Achtung gegen „so einen Herrn ungeachtet des Flaschen-Exportes nach den höchsten Spitzen" durch ein Glas ihres besten Weines Ausdruck zu geben, welchem Gefühle ihr wohlverstandenes eigenes Interesse zu Grunde lag.

Pinggera's elegische Stimmung wich erst bei meinem Versprechen, im folgenden Jahre zur Bereisung der südlichen Ortler-Alpen wiederzukommen, — in Prad zum Mittagstisch der Jägeroffiziere geladen erheiterte seine biedere Naivetät die ganze Gesellschaft und als ich ihm Abends in Spondini bei der Trennung die Hand drückte, stürzten dem redlichen Manne die Thränen aus den Augen, keines Wortes mächtig kehrte er in sein einsames Hochthal zu dem „Hüttal übern Bacher'l" zurück. Von Hauptmann Nestor, Oberlieutenant Stillebacher, Lieutenant Radinger und mehreren anderen Herren, welche mir bis Spondini das Geleit gaben und mir in der kurzen Zeit liebe Freunde geworden waren, nahm ich herzlich Abschied, mit dem Stellwagen kam ich gegen 8 1/2 Uhr nach Mals.

Auf der Höhe der Malser Haide sah ich auf meiner Weiterreise über München nach Teplitz zum letzten Mal die riesigen Berghäupter der Ortler-Alpen, welche oberhalb dunkelwaldiger Vorberge auftauchten, — Königsspitze, Monte Cevedale, Suldenspitze, Schrötterhorn, Kreilspitze, Thurwieser Spitze, Trafoier Eiswand, Hochleitenspitze &c., — alle überragend der gewaltige Ortler.

Druck der Engelhard-Reyher'schen Hofbuchdruckerei in Gotha.

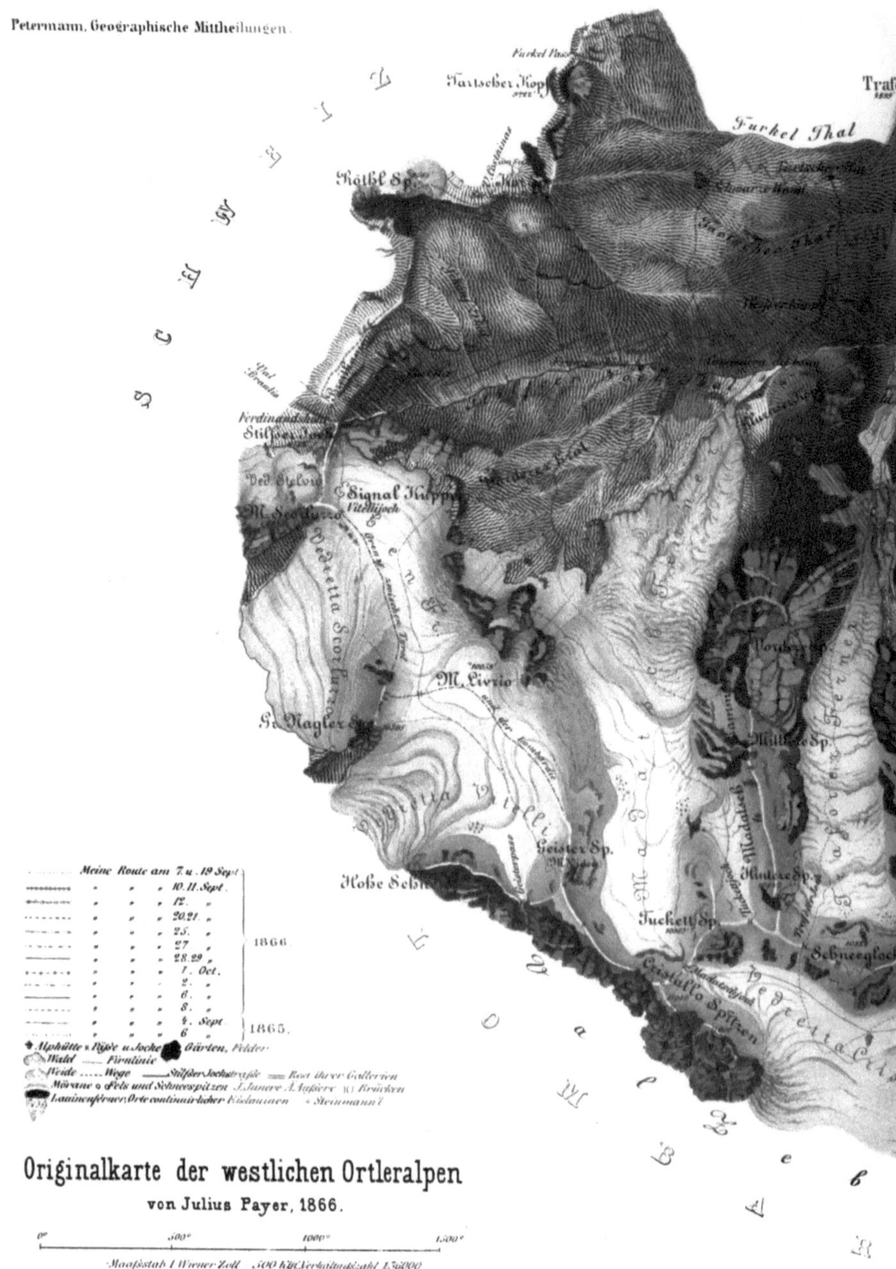

Originalkarte der westlichen Ortleralpen

von Julius Payer, 1866.

J. Payer, Westliche Ortler-Alpen.
Meridian von Innsbruck 29° 3'31."
Ortler, westliche Coordinate 3438 Klft.
Parallelkreis von Innsbruck 47° 16' 14"
Ortler, südliche Coordinate 4378 Klft.
Meridian des Ortler
Trafoier Bach
Hochleiten Sp.
Hochleiten Joch
Hochleiten Thal
Tabaretta Schorte
Tabaretta Thal
Bären Kopf
Marltberg
Tabaretta Spitze
Gletscher
Weisshorn
Mittel-Plateau
Ortler
Schnürer Fernerkopf
Eiswand
Thurwieser Sp.
Eishogl
Trafoier Thal
Suldenferner
Suldenthal
Hochjoch
Cellerpass
M. Zebru
drei Cannuzzi
Veneta
Königsspitze